Kurt Haspel
Das letzte Rätsel

Kurt Haspel
Das letzte Rätsel

Novelle

Impressum:
© 2023 ungekürzte Fassung der deutschen Ausgabe
Herstellung und Verlag:
BoD – Books on Demand, Norderstedt, 2023
© 2018, by Kurt Haspel (unter dem Titel: „Auf der
Suche nach dem verlorenen Wort" erstmals im
deutschsprachigen Raum erschienen)
Alle Rechte vorbehalten

Bildnachweis Umschlag und Logo:
© Alexandra Koch,
pixabay, midjourney, CCO Lizenz,
Porträt des Autors:
Anna Steinecker, Rachel Feichtinger

ISBN 9-783734-700170

für Maria

„Would you believe that yesterday!

A very old friend came by today
`Cause he was telling everyone in town
Of the love that he just found
This girl was in his arms and swore to him
She'd be with him eternally...

Though he smiled, but the tears inside were a-burning
I wished him luck and then he said goodbye
He was gone but still his words kept returning
`Cause Maria was the name of his eternal flame..."

(after lyrics by Elvis Presley)

PROLOG

Dann kam der Winter und die düsteren Vorzeichen, die seit Wochen wie dunkle Schneewolken über der Stadt hingen, wurden zur traurigen Wirklichkeit.
Viele wollten es noch immer nicht wahrhaben, denn ihre Herzen waren unvorbereitet, und so nahm in dieser klirrend kalten Nacht das unausweichliche Schicksal seinen Lauf. Es legte sich dabei, einer dichten Schneedecke gleich, über eine hoffnungslos verwirrte Welt.

01

Während dicke Flocken schwer vom Himmel fielen, vergruben sich die Menschen in ihren schlecht beheizten Wohnungen unter dicken Wolldecken. Sie vertrieben sich die kalten Abendstunden mit dem Warten auf das Ende dieser sogenannten *Demokratie* und dem bangen Hoffen auf eine bessere Zeit, die womöglich nie mehr wiederkehren würde.

So erging es auch Vitali K. Er saß im einzigen beheizten Raum seiner geräumigen, aber desolaten Zweizimmerwohnung im Herzen der Stadt.

Vitali liebte seine Muttersprache. Noch mehr aber liebte er jedes einzelne Wort an ihr. Denn ohne diese Worte gäbe es keine Sprache und ohne Sprache gäbe es keine Poesie in seinem Leben.

Davon war Vitali zutiefst überzeugt, und zwar schon von Jugend an, als er begonnen hatte, Worte zu sammeln, um daraus Sätze zu bauen. Schöne Sätze, kurze und manchmal auch besonders lange. Wörter und Sätze, das war sein Leben und somit auch seine Leidenschaft.

Daran konnte auch dieses Regime nichts ändern,

das man in seiner Heimat errichtet hatte und das sich höhnisch als Demokratie bezeichnete: als *Neue Freie Demokratie.*

Mit all den Jahren und all der Erfahrung war Vitali ein vollendeter Meister des Satzbaues geworden. So verbrachte er manch trübe Stunde und manch grauen Tag mit seinen schönen Wörtern und seinen geliebten Sätzen. Er brachte dadurch die Sonne ein wenig mehr zum Scheinen und des Nachts die Sterne ein wenig mehr zum Leuchten.

Seine Worte waren ihm Familie und Freunde, Ratgeber und Wegbegleiter. Alles in einem und vieles zugleich.

02

An diesem Morgen stand Vitali K. gedankenversunken im Vorraum seiner Wohnung und hielt eine kleine verzierte Holzschatulle in Händen. Für gewöhnlich bewahrte er dieses Kleinod in einem seiner Schränke auf. Heute aber hatte er sie wieder einmal hervorgeholt.

Behutsam öffnete er den Deckel und sah hinein. Die Innenseite war mit rotem Samt ausgekleidet. Darin lag, weich gebettet, ein wunderschönes Wort. Ein kurzes, aber dafür ganz und gar außergewöhnliches Wort. Während Vitali es betrachtete, spitzte er seine Lippen und auch sein Kehlkopf bewegte sich merklich. Er wollte einen Laut formen, doch es trat kein Ton hervor. Vitali versuchte es immer wieder, bis er letztlich entmutigt aufgab. Sein Bemühen war zwecklos.

Aber was sollte er tun? Nach so langer Zeit musste er sein Wort wieder einmal aussprechen. Er wollte es nicht nur betrachten, sondern auch hören und dabei den Klang seiner Stimme ganz innig fühlen. Den Klang seines größten Schatzes, seines wunderbaren Wortes.

Schnell warf sich Vitali seinen Wintermantel um und eilte auf die Straße hinunter. Er wollte jemanden fragen, ob er, oder auch sie, dieses einzigartige Wort nicht für ihn aussprechen würde. Nur ganz kurz, ein einziges Mal zumindest. Mehr wollte er gar nicht verlangen. Da draußen musste es jemanden geben, der ein solch wunderbares Wort auszusprechen vermochte. Er selbst konnte es anscheinend nicht mehr. Sein Verstand hatte es verlernt.

So trug Vitali sein Wort in der Schatulle durch die verschneiten Straßen der Stadt und zeigte es den Menschen, in der Hoffnung, einer von ihnen könnte ihm dabei helfen. Doch viele der Passanten, die Vitali ansprach, interessierten sich erst gar nicht für ihn und sein Wort. Die einen hatten schlichtweg keine Zeit, die anderen wollten gar nicht erst in seine verzierte Schatulle hineinsehen. Man wolle schließlich in nichts verwickelt werden. Noch dazu, in Zeiten wie diesen, ließ man ihn wissen.
Zu groß war die Angst vor Verfolgung und Folter durch die Schergen der *Staatsbrigade*.

Frauen mit Kindern hasteten an Vitali vorbei. Männer sahen einfach über ihn hinweg oder rempelten ihn sogar kräftig an. Ganz so, als wäre seine Schatulle eine Spendenbüchse der *Letzten Demokraten*, die in den Straßen immer wieder um mildtätige Gaben bettelten.

Diese *Letzten Demokraten*, die es da und dort noch zu geben schien. Sie wurden öffentlich als Verräter bezeichnet. Auf die gesamte Stadt verstreut suchten sie ihr Auslangen, indem sie Almosen nahmen, aßen, was sie in den Mülleimern der Hinterhöfe fanden und nachts auf kalten Parkbänken schliefen.

Mit solchen Subjekten wollte man, als angepasster Bürger der *Neuen Freien Demokratie* nichts zu schaffen haben. In Zeiten wie diesen war man entweder überzeugter Anhänger der *NFD* oder eben ein Niemand. Ein Verräter und ein ausgestoßener Herumtreiber.

Einige Straßen weiter betrachtete endlich einer der Passanten - ein Mann mittleren Alters - mit rundem, kahl geschorenem Kopf Vitalis Schatulle eingehend. Er rückte dabei seine Lesebrille zurecht und schien förmlich in die kleine Holzbüchse einzutauchen, in der das Wort gebettet lag. Erst nach geraumer Zeit hob er wieder den Kopf, schob seine randlose Brille auf die glatte Stirn und sah Vitali K. mit enttäuschtem Blick an.

Es täte ihm so leid, er fände dieses Wort zwar wunderschön, geradezu allerliebst. Er könne es wohl lesen, aber bei bestem Willen nicht aussprechen. Dazu fehle ihm leider die Erinnerung. Die Erinnerung an jene Zeiten, als man solche Worte noch frei aussprechen durfte.

Vitali wusste, wovon dieser sympathische Mann sprach. Denn genau zu dieser Zeit begannen auch seine Probleme. Damals, als man, auf Regierungsbeschluss, alle privaten Radiogeräte abgeben musste und es strengstens verboten wurde, Worte - so wie dieses hier - laut auszusprechen. Selbst solche Worte auch nur in den Mund zu nehmen, war verpönt.

Wurde man dabei von der *Staatsbrigade* erwischt, drohte einem das Schlimmste, das man sich nur vorstellen konnte.

In jenen Tagen, so erinnerte sich Vitali, wurden auch viele seiner Freunde verschleppt. Meist spät nachts und unter Polizeigewalt. Radiosprecher und Autoren, aber auch bekannte Bühnenschauspieler und viele Lehrer waren unter den Verfolgten.

Schon die kleinste Andeutung reichte. Eine verräterische Geste da, ein unsicherer Blick dort. Wenn dann auch noch dubiose Gestalten bei einem ein und aus gingen, die ein argwöhnischer Nachbar in dein Haus kommen und erst spät nachts wieder hinausgehen sah, konnte dies bereits für eine Anklage ausreichen. Denn sobald die *Staatsbrigade* auf einen suspekten Bürger der *Neuen Freien Demokratie* aufmerksam wurde, war dessen Schicksal besiegelt.

Trotz all dieser Umstände organisierten sich die *Letzten Demokraten* in Gruppen und schlagkräftigen Zellen. Sie trafen sich heimlich. In Privatwohnungen oder in den angrenzenden Fluss-Auen, um dort gemeinsam Wörter zu sprechen. Besonders Mutige unter ihnen schlossen sich zusammen und veranstalteten in den Parkanlagen und auf öffentlichen Plätzen der Stadt spontane Aktionen, wie etwa das *„koordinierte Laut-Sprechen"*.

Dabei ertönten Trillerpfeifen, man verteilte Flugblätter und artikulierte lauthals verbotene Wörter, die noch aus der letzten uns bekannten Demokratie stammten.

Zu solchen Aktionen fehlte Vitali K. freilich der Mut, obwohl auch er ein überzeugter Demokrat war. Anfangs half er noch dabei, Flugblätter zu verteilen. Später aber ging er immer seltener hinaus auf die Straße, wenn solche Aktionen anstanden. Zu groß war seine Angst, es könne ihn jemand dabei erkennen und an die *Staatsbrigade* verraten.

Erst spät abends, alleine in seiner Wohnung, wo ihn keiner hören konnte, sang sich Vitali K. mit verbotenen Worten leise in den Schlaf. Doch mit der Zeit war er auch davon abgekommen, und so hatte er mit den Jahren vergessen und verdrängt, wie man diese Worte richtig ausspricht.

03

An diesem Sonntag ging Vitali K. über die meist menschenleeren Bürgersteige der verschneiten Innenstadt. Da sah er plötzlich dieses Gebäude in der Rundfunkstraße. Zuerst war ihm eigentlich nur dieses bunt schillernde Ding aufgefallen. Dieses überdimensionale *menschliche Ohr*, das direkt vor dem grauen Gebäude auf einem Sockel auf dem Bürgersteig stand. Das ultimative Sinnesorgan über und über bedeckt mit bunt leuchtenden Mosaiksteinchen. Am liebsten hätte Vitali K. über die vielen kleinen Fliesenstücke gestrichen, um dabei jede Form, jede Wölbung ganz intensiv auf seiner Handfläche zu spüren, so angetan war er. Behutsam befreite er nun die unzähligen Rundungen vom darauf liegengebliebenen Schnee.

Dann blickte er an der Fassade des Gebäudes empor. Sein Blick blieb an dem Schild über dem Haupteingang hängen. *„Öffentliches Rundfunkhaus"*, las er mit halblauter Stimme.

Hier würde er Hilfe finden. Voll Zuversicht betrat Vitali das Gebäude durch die massive Eisentüre, die schwer quietschend in den Angeln ächzte, als er sich mit aller Kraft dagegenstemmte.

Stille, endlose Gänge und menschenleere Treppenhäuser lagen nun vor ihm. Kein Geräusch, kein menschlicher Laut war zu vernehmen. Alles wirkte verlassen und geradezu surreal.

Doch da. Was war das? Waren da nicht eben menschliche Stimmen zu hören? Von irgendwo da oben drangen ganz deutliche Laute durch die menschenleeren Gänge. Noch einmal und danach gleich wieder. Es gab also doch noch Menschen, die sich in diesem Gebäude aufhielten. *Womöglich sogar eine Gruppe von Freien Demokraten*, dachte Vitali.

Mit einem Mal war er von Freude erfüllt. Zielstrebig eilte er in Richtung der Geräuschquelle.

Weiter oben, es musste bereits der zweite oder dritte Stock gewesen sein, fand Vitali tatsächlich einen Raum, aus dem ganz deutlich Stimmen zu hören waren. Neben dem Türstock stand auf einem abgenutzten Türschild in vergilbten Buchstaben: *Abteilungsleiter A. Richtstein*. Vorsichtig näherte er sich der offenen Tür und spähte unbemerkt in das Zimmer hinein.

Vitali sah eine Gestalt in einem weißen Arbeitsmantel. Der Mann war ganz in seine Arbeit vertieft. Mit dem Rücken zur Tür gedreht, hantierte er an technischen Apparaturen. Dabei lauschte er traumversunken den Klängen eines alten und zerfledderten Tonbandes.

Ein Radiomann, folgerte Vitali sofort.

Immer und immer wieder surrten nun braune Cordbänder durch eine der letzten funktionstüchtigen Revox-Maschinen in diesem Studioraum. Ihr Klang beschallte die Lautsprecher und damit den gesamten Gebäudetrakt.

Die donnernde Stimme von Oscar Werner klang nun an Vitalis verwunderte Ohren.

„Das Traurige am Verrat ist, dass er nie von deinen Feinden kommt ...", gefolgt von Rainer Maria Rilkes: *„Wer jetzt allein ist, wird es lange bleiben, wir wachen, lesen ... lange Briefe schreibend ..."*

Vitali hatte sich behutsam gegen den Türstock gelehnt. Da folgte auch schon ein schrilles Pfeifen und Kratzen, das die angenehme Stimmung durchschnitt. Als Nächstes folgte ein verbeult klingendes Piano, begleitet von Bass und Schlagzeug. Bert Breits eingängig jazzige Signation zum Radioklassiker: *Der Schalldämpfer.*

Nach den letzten Takten der Kennmelodie floss nun die faserstreichelnde Bass-Stimme von Axel Corti aus den Lautsprechern. *„Die Sonne hackte auf den rauen Asphalt dieses unsäglich heißen Sonntagmorgens, während Studienrat Usegund nebst seinem pausbäckigen Sohne auf das städtische Museum zuschritt ..."*

Nach einer kurzen Passage des Zirpens und Knirschens - hier schien das Originalband notdürftig geflickt und wahllos zusammengestückelt - erklang unvermittelt Maria Bills glockenhelle Stimme. Sie sang ein Lied, das Vitalis Herz berührte, obwohl er es nicht kannte.

Abermals war ein Knacken und Rauschen aus den Lautsprechern zu vernehmen. Danach begann unmittelbar, mitten im Satz, ein weiterer Text, vorgetragen von André Heller.

„... *die Poesie der Magie, Madame ist die wahre Ironie in der Manege der überirdischen Unvernunft ...*"
Übergangslos folgte nun wieder Axel Cortis Stimme:
„... *es war mir quälend, diesen Film zu drehen. Quälend, Dinge wieder aufleben zu lassen, die schon längst vergessen waren ...*"

Für einige Momente lag so etwas wie Magie über diesem ausgedienten Senderaum und über allen Gängen des altehrwürdigen Funkhauses.

Mitten drinnen zwei Wesen, die andächtig lauschten und mit den Stimmen aus dem Äther nun zu einem großen Ganzen verschmolzen, das leise durch die Sphären schwebte. Gleich dem zarten Duft einer gar seltenen Blume.

Als der Toningenieur Vitali K. endlich bemerkte, fuhr er herum. Augenblicklich riss er das braune Tonband von den Spulen und Führungsrädern. Angsterfüllt wollte er es in der Außentasche seines weißen Arbeitsmantels verschwinden lassen. Aber es gelang ihm nicht.

Er hatte nicht mit Besuch gerechnet. Schon seit

Jahren kamen keine Besucher mehr hierher. Seit die *NFD*-Regierung alle Sendeanlagen auf eine einzige gemeinsame Frequenz umgestellt hatte und ohnedies nur mehr Vorgekautes und Zensuriertes gesendet wurde, war er, von einem Tag auf den anderen, arbeitslos geworden.

Ein arbeitsloser Toningenieur, nutzlos und eine latente Gefahr für die gleichgerichtete öffentliche Meinung. Ursprünglich hätte auch er zwangsweise stumm gemacht werden sollen. Doch er konnte fliehen. Gerade noch rechtzeitig, bevor man ihn mit einer dieser dunklen Limousinen abholen konnte, um diesen kurzen, aber schmerzhaften Eingriff an ihm vorzunehmen.

So war er irgendwann wieder hierher zurückgekehrt, in das alte und verwaiste Funkhaus des einstmals freien und öffentlichen Rundfunks.

Hier konnte er wieder Toningenieur sein. So wie an jeden Vormittag der Woche legte er seine Sendebänder ein, drehte an den Reglern und notierte die wichtigsten Ein- und Ausstiege für jeden einzelnen Beitrag. Mit einem einzigen Unterschied zu früheren Zeiten: es gab seine Radiosendung nicht mehr.

Aus seinem Studio drangen keine Funkwellen mehr nach draußen und in der gesamten Stadt war niemand mehr, der darauf wartete, eine seiner - einstmals so beliebten - Sendungen zu hören.

Doch bevor er in seinem Leben gar nichts mehr tat, machte er einfach so weiter, wie er es über all die Jahre gewohnt war. Er fuhr nach dem Frühstück ins Studio und verrichtete eine Arbeit, die keiner mehr von ihm einforderte.

In gewisser Weise war dies seine Art des stillen Widerstandes gegen die *Neue Freie Demokratie* und gegen die wahren Verräter seiner geliebten Heimat.

04

Als Vitali dem Toningenieur glaubhaft gemacht hatte, dass von ihm keine Gefahr ausginge, berichtete er sogleich von seinem Wort, den Menschen auf der Straße und seiner Sehnsucht, wenigstens einmal nur sein kleines, aber feines Wort ausgesprochen zu hören. Hastig nestelte er dabei die Schatulle aus seiner Manteltasche.

Der Toningenieur sah Vitali an, dann schaute er das Wort an. Sogleich blickte er wieder lächelnd zu Vitali, denn mit einem Mal empfand er ihn als vertrauenswürdig. In diesem Moment berührten sich die Seelen dieser beiden Männer, die das Schicksal an diesem Vormittag auf ganz wundersame Weise zueinander geführt hatte. Obwohl sie einander nie zuvor gesehen hatten, wurden sie nun zu verwandten Seelen, die ein großes Geheimnis miteinander teilten: die Liebe zu den verbotenen Worten.
    Der Ingenieur lächelte und schloss ganz behutsam den Deckel der Schatulle. Vorsichtig stellte er sie auf ein Pult neben sich. Plötzlich, wie von seinen Gefühlen übermannt, fiel er Vitali um den Hals.

Er drückte ihn, so fest er konnte, und mit feuchten Augen formte sich sein Mund zu einem einzigen kurzen Wort, das er kaum hörbar hauchte. Gerade als ihn Vitali bitten wollte, das Wort noch einmal deutlich auszusprechen, ertönten von draußen die grellen Sirenen der *Staatsbrigade*.

Die beiden Männer zuckten zusammen. Der Toningenieur griff nach einem Stift und kritzelte damit etwas auf einen Zettel. Bevor Vitali etwas sagen konnte, legte dieser den zusammengefalteten Zettel in Vitalis offene Hand und schloss seine Finger behutsam darüber.

Die grellen Sirenen kamen immer näher. Dunkle Limousinen der *Staatsbrigade* rasten die Rundfunkstraße hinunter, geradewegs auf das Funkhaus zu.

Geistesgegenwärtig nahm Vitali seine kleine Schatulle wieder an sich. Da fasste ihn der Toningenieur auch schon am Ärmel und zerrte ihn zur Tür hinaus.

„Schnell, weg von hier!", rief dieser.

Intuitiv wandte sich Vitali der Haupttreppe zu, über die er das Gebäude zuvor auch schon betreten hatte.

„Um Gottes willen, doch nicht durch den Haupteingang", rief Andrej Richtstein. „Los, hier entlang."

Er deutete auf eine Schwingtür in entgegengesetzter Richtung, am Ende eines weiteren endlos langen Ganges. Ohne zu zögern, rannten die beiden nun durch diesen Korridor, der noch tiefer in das Gebäude hineinführte. Mit geübten Bewegungen stieß der Toningenieur eine weitere der zahllosen Schwingtüren auf. Binnen Sekunden waren sie beide dahinter verschwunden. Während sie wortlos den dunklen Gang entlang hasteten, waren auf dem glatten Marmorboden der Haupttreppe die klappernden Absätze von unzähligen Polizeistiefeln zu vernehmen.

Keuchend bogen die beiden Flüchtenden in einen weiteren Nebengang. Dann schob der Ingenieur Vitali durch eine Falttür in einen engen Lastenaufzug und trat einen Schritt zurück.

„Kommen Sie denn nicht mit?", keuchte Vitali, während er die Lifttür aufgespreizt hielt. Der Toningenieur schüttelte den Kopf.

„Alleine haben wir mehr Überlebenschancen." Vitali blickte den Ingenieur besorgt an.

„Ist unsere Lage wirklich so ernst?"

Andrej Richtsteins Züge verdunkelten sich.

„Machen Sie sich um mich keine Sorgen. Ich habe vorgesorgt. Ich hab' immer gewusst, dass dieser Moment eines Tages kommen würde ..."

Hastig schob der Toningenieur die Falttür von außen zu und drückte auf den orangen Liftknopf. Während sich der Aufzug ächzend in Bewegung setzte, eilte der Ingenieur durch einen Seitengang in einen der früheren Vortragssäle des Funkhauses.

Im Saal selbst roch es nach modrigem Holz und nach nassem Karton. Die Besucherstühle waren herausgerissen, die Wandtapisserie hing in Fetzen und Bilder lehnten kopfüber an den Wänden. Selbst vom wertvollen Parkettboden, der diesen Raum einmal geschmückt hatte, fehlten ganze Stücke.

Hastig eilte der Toningenieur in Richtung Bühne und schlüpfte in den Souffleurkasten. Da erst bemerkte er, dass ihm eines der Cordbänder, das er zuvor schon vor Vitali in seiner Manteltasche versteckt hatte, auf den Boden gefallen war. Eilig kroch er noch einmal aus seinem Versteck hervor und fischte nach dem braunen Tonband.

Als er es endlich zu fassen bekam, umklammerte er das Band und stopfte es wieder in eine seiner Innentaschen. In diesem Moment hallten auch schon schwere Schritte durch die angrenzenden Gänge. Der Ingenieur blickte sich hastig um, denn die Schritte kamen immer näher.

Eilig schlüpfte er wieder in sein Versteck. Mit einer geschmeidigen Bewegung verschwand er nun zur Gänze in dem engen Souffleurkasten, der für ihn zum Verlies werden sollte.

Im selben Moment riss jemand polternd die Besuchertür des Saales auf und leuchtete mit einer Stablampe quer durch den Raum. Einer brüllte etwas, das nach derben Flüchen klang. Auch wenn Andrej Richtstein kein Russisch konnte, so kannte er den Klang dieser Sprache leider nur zu gut.

Spitze Lichtkegel huschten nun unruhig durch die Luft. Grobe Schatten fielen auf das Chaos aus Stühlen, Bühnenvorhängen und herausgerissenen Brettern. Ein Lichtstrahl wanderte suchend quer durch den Saal und blieb auf den Gemälden berühmter Komponisten hängen, die einstmals die Wände dieses Saales geziert hatten. Erlesene Porträts ehrwürdiger Meister. Jetzt waren sie mit Graffitis beschmiert oder lagen chaotisch gegen die Wände des Raumes gelehnt herum.

Der Toningenieur hielt den Atem an und zog seinen Kopf ein. Er verhielt sich so ruhig, wie er nur konnte. Dem Anschein nach hatten gerade mehrere Personen den Raum betreten. Während eine davon sofort wieder kehrtmachte und den nächsten Korridor hinunterlief, hielt sich mindestens eine weitere Person noch immer in dem Saal auf.

Der Atem des Ingenieurs stockte. Zuerst hörte er die Absätze der Polizeistiefel näher kommen. Dann herrschte plötzlich wieder Stille. Andrej Richtstein litt in diesem Moment Todesängste.

Sollten sie ihn im letzten Moment doch noch verhaften? Ihm den kurzen Prozess eines Staatsverräters machen? Ihn gleich hier an Ort und Stelle erschießen? Im Innenhof des einst so prächtigen Rundfunkgebäudes... seine Gedanken überschlugen sich vor Angst.

Aus seiner Position konnte Andrej Richtstein zwar nicht sehen, was sich im offenen Raum hinter dem Souffleurkasten abspielte, aber er spürte ganz deutlich die unausweichliche Gefahr, die immer näher und näher auf ihn zukam.

Standen sie womöglich schon direkt über ihm? Nur durch das dünne Holz des Souffleurkastens von seinem zitternden Körper getrennt? Er wagte kaum mehr zu atmen. Sein Herz raste.

Für einen kurzen Moment war es Andrej Richtstein nun, als vollführte der Strahl der Taschenlampe eine unkontrollierte Bewegung, ehe er, gegen einen der Bühnenvorhänge gerichtet, erstarrte und monoton auf einen Flicken auf dem roten Samt leuchtete.

Hatte er sich getäuscht? Anscheinend standen sein Verfolger in einer anderen Ecke des Raumes, als er bisher vermutet hatte.

Als Nächstes hörte der Toningenieur ein zippendes Geräusch und dann das Plätschern von Wasser. Ein Wasserstrahl, der sich pritschelnd gegen eine der Leinwände ergoss. Er kannte dieses Geräusch.

Es war das Geräusch von ... natürlich. Das war kein Wasser. Das war ... bevor Richtstein seine ärgsten Befürchtungen in Worte fassen konnte, wehte auch schon der stechend-süßliche Geruch von Urin zu ihm herüber.

Einer der Uniformierten der *Staatsbrigade* hatte gegen das Ölbild von Wolfgang Amadeus Mozart uriniert. Auf das Porträt eines dieser „entarteten" Musiker, wie sie immer wieder betonten. War dieser Mozart doch Musiker, Komponist und Freimaurer.

In ihren Augen somit ein Staatsverräter ersten Ranges. Dessen Porträt lehnte nun kopfüber in der Ecke des Saales und stank entsetzlich nach Urin.

Der Toningenieur Andrej Richtstein schloss beschämt seine Augen. In diesem Moment spürte er die Schläge seines Herzens bis in die Schläfen und er kochte innerlich vor Wut über diese primitiven Individuen.

05

Eine unscheinbare Seitentür des Funkhauses öffnete sich und Vitali K. huschte unbeobachtet aus dem Gebäude. Mit wenigen Schritten war er in einer der Seitengassen der Rundfunkstraße verschwunden.

Es hatte inzwischen wieder zu schneien begonnen. Vitali K. liebte den zarten Duft des frischen Schnees. Langsam hob er sein Gesicht gegen den Himmel und ließ einige Flocken auf seine Zunge fallen, auf der sie sogleich schmolzen, ohne einen merkbaren Geschmack zu hinterlassen.

Vitali ließ den Schnee weiter auf sein Gesicht rieseln, während er den zarten Duft des Winters in sich aufsog. Er liebte dieses kühle Nass, das all die Angst und Sorgen von seinem Gesicht wusch. Es ließ ihn für wenige Minuten vergessen, in einem Land leben zu müssen, das eigentlich nicht mehr das seine war.

Dankbar schloss Vitali seine Augen. Denn nur wer aus der Dunkelheit kommt, kann erkennen, wie hell das Licht der Freiheit tatsächlich leuchtet.

06

Vitali war nun weit genug vom Funkhaus entfernt, als dass ihm noch ernsthaft Gefahr drohen konnte. Nur mehr von Weitem hörte er die Sirenen der *Staatsbrigade* durch die Straßen wimmern. In einer Hauseinfahrt blieb er kurz stehen und holte seine Schatulle aus der Manteltasche. Er musste sich vergewissern, ob sie unbeschädigt geblieben war.

Eine Passantin beobachtete ihn im Vorübergehen, ohne dabei auf die Schatulle zu achten. Ohne diese Frau zu bemerken, drehte Vitali seine Schatulle in den Händen. Er öffnete sie kurz. Dabei fiel eine Schneeflocke auf den roten Samt der Innenverkleidung und schien für lange Minuten nicht schmelzen zu wollen. Dem Wort selbst ging es gut. Es lag noch immer weich gebettet in der Schatulle.

Beruhigt schloss Vitali den Deckel. Seine Gedanken aber kreisten einzig und allein um seinen neuen Freund, den Toningenieur.

Emotionen schossen ungeordnet durch seinen Kopf: *Was würde nun aus seinem neuen Freund werden? Hatte man Vitali womöglich beschattet und abgehört?*

War es am Ende ER, der die Staatsbrigade zu diesem bemitleidenswerten Mann ins Funkhaus geführt hatte?

Wenn dem so war, was würden sie als Nächstes mit ihm machen, war Vitalis besorgter Gedanke.

Mit Sicherheit würden sie den Toningenieur foltern und irgendwann würde dieser natürlich einknicken und womöglich auch Vitali verraten. Ihn wegen seines Wortes denunzieren und damit der Gewalt dieser Schergen ausliefern. - Gott sei Dank hatte er dem Fremden weder seinen Namen noch die Straße genannt, in der er wohnte, fiel es Vitali in letzter Minute ein.

Er atmete erleichtert auf. In diesem Moment fiel ihm wieder der sorgsam gefaltete Zettel ein, den ihm der Toningenieur anvertraut hatte.

Stand darauf womöglich die Bedeutung seines geliebten Wortes?

Hastig zog Vitali den Papierstreifen aus seiner Manteltasche. Er faltete ihn vorsichtig auseinander. Lange Zeit betrachtete er nun den Papierstreifen.

Zu seiner großen Verwunderung stand nämlich keine geheime Botschaft, sondern nur eine einfache Adresse auf dem Papier. Eine Adresse, irgendwo am Rande dieser Stadt.

Während Vitali nachdachte, fiel der Schnee unaufhörlich auf das kleine Stück Papier in seinen Händen und große Tropfen geschmolzenen Schnees ließen die Buchstaben zu blauen Klumpen zerrinnen.

Vitali zerknüllte nun den Zettel, denn er brauchte ihn nicht mehr. Er hatte diese Adresse längst in seinem Kopf abgespeichert.

„Andrej S. Richtstein. Hoffnungsfeld-Siedlung 2/28/9", murmelte er leise, während er den durchnässten Zettel dezent im nächsten Rinnstein verschwinden ließ.

07

Es mussten bereits Stunden vergangen sein, als Andrej Richtstein endlich wagte, vorsichtig aus seinem Versteck im Souffleurkasten hervorzulugen. Seine Glieder schmerzten und sein rechtes Bein war klumpig und taub von seiner verkrümmten Haltung in diesem beengten Verlies.

Mühselig klettert er aus dem Souffleurkasten. Der Gestank, den der Brigademann auf dem Gemälde hinterlassen hatte, war inzwischen verflogen. Er war wie von Geisterhand ausgelöscht.

Mit der Widerstandskraft der Bevölkerung verhält es sich wie mit diesem Uringestank, dachte Andrej Richtstein. *Man muss ihm nur lange genug ausgesetzt sein, um ihn auf einmal nicht mehr zu riechen. Ganz so, als ob er nie existiert hätte, auch wenn sein Gestank noch immer den ganzen Saal füllte.*

Andrej war kalt. Er war müde, und er bekam allmählich Hunger. Also wischte er sich den Staub von den Kleidern und zog seinen weißen Arbeitsmantel zurecht, der nun ebenfalls deutliche Spuren der Flucht trug. Vorsichtig tastete er nach den Cordstreifen in seinen Taschen. Sie waren Gott sei Dank unversehrt geblieben. Dann fiel sein Blick noch einmal auf das durchnässte Porträt von Wolfgang Amadeus Mozart. Dieser schien ihn trotz aller Demütigungen noch immer verschmitzt anzulächeln.

Dieser Anblick machte Andrej Richtstein nur noch entschlossener. Mit festen Schritten verließ er das Funkhaus durch denselben Lieferantenausgang, wie es schon Stunden zuvor sein neuer Freund, der Besitzer der geheimnisvollen Schatulle, getan hatte.

08

In den nächsten Tagen verließ Vitali K. seine Wohnung nur, um das Allernötigste zu erledigen. Er sprach auffallend wenig, grüßte seine Nachbarn verhalten und begegnete den anderen Anwohnern in seiner Straße nur mit gebührender Vorsicht.

Sein oberstes Ansinnen bestand darin, nirgends unnötig aufzufallen. Vor allem nach der Unbesonnenheit, die er sich an jenem Morgen geleistet hatte, als er sich mit seinem Wort diesem wildfremden Menschen im Tonstudio anvertraut hatte.

Vitali tat alles, um in der Masse unterzutauchen. Er aß jene einfachen Gerichte, die man als angepasster Bürger der *Neuen Freien Demokratie* an einem Wochentag zu essen hatte, sah jene Sendungen im Staatsfunk mit besonderer Aufmerksamkeit, von denen man erwartete, dass alle Bürger sie zu verfolgen hatten und ging in diesen Tagen der möglichen Observation durch die *Staatsbrigade* besonders früh zu Bett.

Es musste nur wenige Tage später gewesen sein, als Vitali K. gerade eine Rede des Präsidenten im Fernsehen verfolgte. Dieser sprach vollmundig von Loyalität, ewiger Treue und Menschenliebe.

Für einen, wie ihn waren das nur leere Worte ohne jede Bedeutung, war sich Vitali K. sicher. *Wie sonst hätte er der Anführer der Neuen Freien Demokratie werden können? Wäre ihm auch nur eines der Worte wie: Standhaftigkeit, Ehrlichkeit und Patriotismus jemals ernsthaft in den Sinn gekommen, wäre es ihm unmöglich gewesen, dieses Amt auszuüben. So aber herrschte dieser Mann über abertausende Bürger und ließ hunderte von unschuldigen Menschen foltern und zu willfährigen Werkzeugen seiner Regierung machen,* dachte Vitali.

Und dies alles nur mit dem Zweck, seine persönliche Macht zu festigen und den Verrat an der Demokratie in seinem eigenen Land mit letzter Konsequenz zu vollstrecken, wurde es Vitali immer bewusster.

Vitali wollte gerade abschalten, als eine Eilmeldung des aktuellen Dienstes folgte. Dieser Beitrag zeigte eine Razzia in der Rundfunkstraße. Uniformierte Brigadepolizisten stürmten gerade das Gebäude.

Ja, so hätte es ablaufen können, dachte Vitali. *Aber so war es mit Sicherheit nicht,* appellierte seine Vernunft an ihn. Schließlich kannte er den genauen Ablauf der gezeigten Ereignisse, war er doch selbst ein Teil davon gewesen. Damals war außer dem Toningenieur und ihm keine Menschenseele in dem Gebäude. Vor allem kein Fernsehteam.

Wäre er nicht selbst vor Ort gewesen, er hätte den Bildern, die gerade über seinen Schirm flimmerten, Glauben geschenkt. Mit Sicherheit hätte auch er propagiert, dass diese Razzia nötig war, da sich asoziale Subjekte in dem Gebäude verschanzt hatten und diese zum Schutz der Allgemeinheit unbedingt von der *Staatsbrigade* entfernt werden mussten.

Genau so, wie es die faserweiche Stimme der Sprecherin in diesem Fernsehbeitrag beschrieb. Mit einlullenden Worten ohne jeden Anflug von Mitleid schilderte sie Ereignisse, welche nie stattgefunden hatten.

Irritiert blickte Vitali auf den Bildschirm. Man brachte noch Nahaufnahmen eines der Gesuchten, wie er gerade gegen ein Bild urinierte, das er zuvor von der Wand gerissen hatte. Dann folgte ein harter Schnitt und in der nächsten Szene wurden acht gefangene *Demokraten* gewaltsam aus dem Gebäude entfernt.

Kamerawirksam wurden sie ganz nahe an der Optik vorbeigezerrt, sodass man ihre unrasierten und hassverzerrten Gesichter deutlich auf dem Bildschirm erkennen konnte.

Vitali hätte beinahe selbst Abscheu und Ekel für diese Subjekte empfunden, hätte ihn seine Vernunft nicht sogleich daran erinnert, dass es sich hierbei nur um Statisten handeln konnte. Bezahlte Statisten des Staatsfernsehens, die man nun, medienwirksam, an seiner Stelle einer breiten Öffentlichkeit vorführte.

Vitali kannte die wahre Geschichte hinter diesen manipulierten Bildern. *Aber wer würde ihm glauben?* Ihm fiel dabei nur eine Person ein …

Wütend schaltete Vitali sein Fernsehgerät ab und lief aufgebracht im Zimmer umher.

Er kochte innerlich und wusste nicht, wie er dagegen ankämpfen sollte. Was sollte er unternehmen, um Gerechtigkeit zu schaffen, ohne sich dabei selbst noch tiefer in diese Sache zu verstricken?

Schon im nächsten Moment warf Vitali seinen Wintermantel über und eilte auf die Straße hinunter. Schnellen Schrittes ging er nun auf die Station der Stadtbahn zu.

Ein Mann in dunkler Kleidung, der im Schutz eines Torbogens verborgen stand, sah Vitali K. aufmerksam nach. Als dieser in die dunkelgelbe Garnitur einstieg, die bis hinaus zu den Wohnsiedlungen im Hoffnungsfeld fuhr, trat der geheimnisvolle Fremde aus dem Torbogen hervor. Er zog seine Lederhandschuhe aus und machte Notizen in einem kleinen Büchlein. Als Nächstes blickte er auf seine Armbanduhr und notierte fein säuberlich Datum und Uhrzeit.

Danach steckte er das Notizbuch wieder ein und seine Fußspuren verloren sich knirschend unter all den anderen Fußabdrücken im frischen Schnee.

09

Nach endlos langer Fahrt, vorbei an Wohnsiedlungen und durch Straßen, die von aschgrauem Schneematsch bedeckt waren, kam die Stadtbahn endlich an ihre Endstation. Die mechanischen Türen öffneten sich quietschend und spuckten die letzten Fahrgäste aus. So auch Vitali, der sofort seinen Mantelkragen hochschlug, als ihm eisiger Wind entgegenpfiff.

Die Luft hier draußen roch nach alten Kohleheizungen, die ihren qualmenden Nebel in den Winterhimmel pafften.

Hier muss es sein, dachte Vitali, als er vor dem unendlich hohen Wohnblock aus lieblos übereinandergestapelten Betonelementen stand. Sein Blick wanderte an der trostlosen Fassade empor.

Hoffnungsfeld 2/28/9, überlegte er kurz. - Das konnte nur: Haus 2, achtundzwanzigster Stock, Türe 9 bedeuten. So stand es auch auf dem Zettel, den er damals von Andrej Richtsteins zugesteckt bekommen hatte.

Vitali versuchte nun die Stockwerke durchzuzählen, indem er mit seinem Blick an der Fassade emporwanderte. Er wollte als Erstes herausfinden, was sich im achtundzwanzigsten Stock abspielte.

Möglicherweise war es zu riskant für ihn, dort hinaufzufahren. *Handelt es sich am Ende um eine geschickt eingefädelte Falle der Staatsbrigade?* Vitalis Gedanken wurden von finsteren Bildern beherrscht.

Er zögerte für einen kurzen Augenblick. Aber sein Wille herauszufinden, welche Bedeutung sein Wort hatte, war stärker als jeder Zweifel.
Beim dritten Anlauf gelang es Vitali endlich, die Stockwerke bis ganz hinauf unter das flache Dach fehlerfrei durchzuzählen. Es waren fünfunddreißig. Fünfunddreißig Stockwerke voller zusammengepferchter Menschen. Alte, Kranke und Kinder ohne jede Zukunft, die hier ihr Leben fristeten. Aus offenen Fenstern hörte man Menschen, die sich anbrüllten, Hunde, die bellten und hie und da das jämmerliche Wimmern eines Säuglings.

Vitali vergrub seine Hände in den Manteltaschen, als er auf den Haupteingang zuschritt. Er beschloss, den Lift schon im sechsundzwanzigsten Stock zu verlassen und dann die letzten beiden Stockwerke zu Richtsteins Wohnung über die Außentreppe hochzulaufen. Das erschien ihm im Augenblick unauffälliger und vor allem auch klüger. Zu groß war die Gefahr, man könnte ihn hier draußen entdecken. Wollte er doch auf keinen Fall eine direkte Verbindung von Andrej Richtstein zu ihm herstellen.

10

Erst nach langem Klopfen öffnete Andrej Richstein seine Wohnungstür. Nach einem langen Kontrollblick nach links und nach rechts deutete er Vitali, in den Vorraum seiner Wohnung zu treten. Dies alles geschah bedacht und ohne dabei auch nur ein unnötiges Wort zu wechseln.

Die Begrüßung in Andrejs Wohnung fiel dafür umso herzlicher aus. Andrej Richstein hatte schon fast nicht mehr damit gerechnet, dass ihn Vitali tatsächlich noch aufsuchen würde.

Froh darüber, dass Vitali ebenfalls erfolgreich entkommen konnte, umarmten sich die beiden Männer. Richstein drückte ihn wie einen alten Freund ganz fest an sich. Dabei fiel Vitalis Blick auf die Tonbandmaschine, die am Esstisch im Wohnzimmer stand.

Nach kurzem Überlegen wandte er sich aber gleich wieder Andrej Richstein zu.

„Was ... was bedeutet das gelbe Quadrat an Ihrer Wohnungstür?", fragte Vitali zögerlich.

„Ich bin Jude. Und als Andrej Solomon Richstein

habe ich ein gelbes Quadrat gut sichtbar an meiner Eingangstür anzubringen. So will es das Gesetz der *Neuen Freien Demokratie*."

Konzentriert blickte er Vitali nun in die Augen.

„Sind Sie etwa auch einer von uns?", wollte Richtstein nun von ihm wissen?

„Diese Ehre wird mir leider nicht zuteil ...", entgegnete Vitali spontan.

Richtstein lächelte wissend.

„Das ist aus *Chaplin* von Sir Richard Attenborough. Stimmt's? Ich kenne diesen Film. Ich habe ihn wohl ein halbes Dutzend Mal gesehen."

„Ein wunderbarer Film", schwärmte Vitali.

„Ich besitze sogar eine Kopie davon", antwortete Richtstein und deutete dabei in Richtung seines Wohnzimmers, wo auch die Tonbandmaschine stand.

„Ich dachte, das wäre verboten?"

„Das ist es auch", entgegnete Richtstein mit stolzem Unterton in der Stimme.

Andrej Richtstein ging nun ins Wohnzimmer hinüber und deutete Vitali, ihm zu folgen.

„Ich hatte Sie schon früher erwartet. - Wie geht es Ihren Wörtern?", fragte Andre Richtstein interessiert, während er Vitali einen Platz auf der alten Sitzgarnitur aus moosgrünem Jersey-Stoff anbot. Er selbst nahm auf der Couch Platz, auf der auch schon seine Pfeife und die Tabakdose für ihn bereitlagen.

Vitali zögerte kurz, dann stieß er unvermittelt hervor: „Ich bin so schnell gekommen, wie es ging, Herr Richtstein. - Sie müssen mir die Bedeutung meines Wortes sagen, und zwar jetzt. Ich kann einfach nicht mehr länger warten."

Richtstein lächelte kurz, ohne dabei von seiner Pfeife aufzusehen, die gerade qualmend die letzten Tabakreste verdampfte. Gekonnt versuchte er das Gespräch in eine andere Richtung zu lenken.
„Sie können ruhig Andrej zu mir sagen. Gute Freunde nennen mich übrigens Andrusch." Bei diesen Worten streckte er Vitali freundschaftlich seine Hand über den Couchtisch entgegen. Obwohl Vitali auf der anderen Seite des Tisches sitzend viel zu weit weg war, um jemals eine Chance zu haben einzuschlagen. Also unterließ er den Versuch und lächelte nur freundlich zurück. Andrej sah ihn nachdenklich an, während er seine Hand wieder zurückzog.

„Andrej, ich muss es wissen. Jetzt sofort. - Bitte spannen Sie mich nicht länger auf die Folter."
Andrej Richtsteins Blick musterte Vitali eingehend von oben bis unten.
„Es wäre noch zu früh ...", paffte dieser, mit geblähten Backen voller Pfeifenrauch.
„Zu früh, wofür?" Aus Vitalis Stimme klang Ungeduld.
Richtstein griff nach seiner Tabakdose.
„Selbst, wenn ich Ihnen jetzt dieses Wort verraten

würde, Sie würden es nicht verstehen. Sie könnten es auch gar nicht verstehen - noch nicht", versuchte ihn der Toningenieur zu beruhigen.

„Warum sollte ich es nicht verstehen?", hackte Vitali ungläubig nach.

Langsam kamen in ihm Zweifel auf, ob dieser Richtstein die Bedeutung seines Wortes tatsächlich kannte oder ob er nur den Moment hinauszögern wollte, da er ihm gestehen musste, dass er es selbst nicht wusste.

Andrej Richtstein zog gemächlich den gläsernen Aschenbecher näher zu sich heran. Dann nahm er seine Pfeife aus dem Mund und kratzte die warmen Tabakreste mit einer Art silbernem Löffel mit gebogenem Stil aus dem Pfeifenkopf und ließ sie in den Aschenbecher fallen.

„Sie müssen es zuvor erleben. Erleben, um es zu verstehen", begann Andrej zu philosophieren.

In diesem Moment öffnete sich unerwartet die Eingangstür, und eine bildhübsche Frau stand im Vorraum. Offensichtlich hatte sie einen eigenen Schlüssel zu dieser Wohnung. Sie war noch jung. Vitali schätzte sie auf höchstens fünfundzwanzig.

Sie wirkte diskret in ihrer Erscheinung, aber gerade das machte sie so außergewöhnlich. Außergewöhnlich, wie es Vitali bei einer Frau schon lange nicht mehr erlebt hatte.

Die junge Frau blickte die beiden Männer nun fragend an. Dabei strich sie sich eine Haarsträhne aus dem Gesicht.

„Ich wusste nicht, dass du Besuch hast, Andrusch. Wenn ich störe, kann ich wieder gehen." Sie deutete dabei mit ihrem Zeigefinger zur Tür.

„Aber wo denkst du hin? Setz' dich einfach zu uns. Soll ich dir eine Tasse Jasmin-Tee aus der Küche holen? - Sie wollen doch sicher auch davon kosten?", wandte sich Andrej nun auch an Vitali.

Ohne seine Antwort abzuwarten, stand Andrej auf. Im Hinausgehen fügte er noch an: „Darf ich dir übrigens Vitali vorstellen? Das hier ist Vitali K."
Mit dem Stiel seiner Pfeife deutete er dabei auf seinen Gast.

„Sehr erfreut ...", war das Einzige, was Vitali in diesem Moment hervorbrachte. Obwohl er diesen Satz schon im nächsten Augenblick als geradezu albern empfand.

Mit einem prüfenden Blick, der mehr Vorsicht als besonderes Interesse zu verraten schien, schüttelte ihm die schöne Unbekannte nun mit weit vorgestrecktem Arm die Hand.

„Du kannst ganz beruhigt sein. Er ist einer von uns, auch wenn er es selbst noch nicht so genau weiß", klang es in diesem Moment aus der Küche zu ihnen herüber.

Was meinte er damit nun wieder: Einer von uns, war sich Vitali im Unklaren.

Im nächsten Moment stand Andrej auch schon wieder in der Tür. Er hielt ein Serviertablett in Händen. Darauf drei Tassen und einer Kanne dampfenden Tees, dessen milder Duft nun den ganzen Raum erfüllte.

Mit einem Lächeln deutete Andrej Richtsteins Kopf indessen zu der jungen Frau hinüber, die in der Zwischenzeit ebenfalls auf einem der Fauteuils Platz genommen hatte.

„Ich hab' dir doch von unserer abenteuerlichen Flucht vor der *Staatsbrigade* erzählt. - Vitali war dabei."

Mit großen Augen sah sie Andrejs Gast nun an.
„*Sie* sind also Vitali?"
„Ja", entgegnete dieser. „Ich ... ich bin der Wortesammler."
„So, Sie sammeln Worte? Das finde ich sehr mutig von Ihnen."

Unter diesem Licht hatte Vitali die Sache selbst noch nie betrachtet. In der gegenwärtigen Zeit hatte sie damit vollkommen recht. Schließlich wusste keiner so genau, ob schon der bloße Besitz von solchen Wörtern strafbar war. Sich offiziell danach zu erkundigen, kam natürlich niemandem in den Sinn. Somit blieb das Sammeln von Worten ein gefährliches und höchst unsicheres Unterfangen.

Richtsteins Freundin, die sich nun als Tatjana vorstellte, stand unvermittelt auf und setzte sich neben Andrej aufs Sofa, wobei sie mit einer zarten Bewegung ihrer Hand seinen linken Oberschenkel berührte. Die nächsten Minuten des Gespräches vergingen damit, dass sich Vitali K. Klarheit darüber verschaffen wollte, in welchem Verhältnis Tatjana zu Andrej stand, den sie gerade noch so liebevoll *Andrusch* genannt hatte.

Vitali sah zu, wie vorsichtig Tatjana ihre Teetasse zum Mund führte, wie feingliedrig ihre Finger waren und wie sanft und natürlich ihr volles Haar in ihren Nacken fiel.

Derweilen schenkte Andrej Tee nach.

„Wo haben Sie die Schatulle hingetan?", sagte Andrej nun schon zum zweiten Mal halblaut in Vitalis Richtung, als er merkte, dass ihn dieser anscheinend nicht zu hören schien.

„Wie? - Ach so, die Schatulle ...", entgegnete dieser, beinahe peinlich berührt. „Bei mir zu Hause. - Ich habe sie sicher verwahrt."

„Achten Sie gut darauf, Vitali! Heute ist nichts mehr sicher, nirgends. Ich gebe Ihnen den guten Rat, achten Sie besonders auf diese Schatulle."

„Ja, das werde ich", entgegnete dieser.

Vitali nippte an dem aromatischen Tee. Dabei kreisten seine Gedanken nur um ein Thema: *Wer war sie? Seine Frau? Seine Geliebte? Er kannte nur ihren Namen und der klang wunderbar: Tat-ja-na.*

Gerade als Vitali Tatjana ansprechen wollte, stand diese unvermittelt auf. Sie küsste Andrej auf die Stirn und ging zur Tür.

„Ich muss jetzt los, Andrusch. Ich möchte nicht zu spät in die Stadt kommen."

In der offenen Eingangstür hielt sie noch einmal inne. Wie beiläufig drehte sie sich zu Andrej hinüber: „Warum lädst du Herrn K. eigentlich nicht zu unserem nächsten Treffen ein?", fragte sie ganz unschuldig.

„Eine gute Idee. Das sollten wir machen."

Andrej lächelte, als Tatjana nun die Eingangstür hinter sich schloss. Mehr noch galt dieses Lächeln aber Vitali, da dessen aufmerksamer Blick Tatjana bis zuletzt gefolgt war.

„Ich denke, ich ... ich mach' mich jetzt ebenfalls auf den Weg ...", wandte sich Vitali nun unvermittelt an Andrej, in der Hoffnung, Tatjana unten auf der Straße noch einzuholen oder zumindest noch einen letzten Blick auf sie zu erhaschen, bevor in die nächste Stadtbahngarnitur stieg.

Andrej hielt seinen Gast nicht davon ab, zu gehen. Stattdessen nahm er nun einen weiteren kräftigen Zug aus seiner Pfeife. Reisende solle man schließlich nicht aufhalten.

„Wir sehen uns? Kommenden Donnerstag wäre unser nächstes Treffen. Vielleicht kann ich Ihnen dann auch schon mehr über ihr Wort verraten."

„Nächsten Donnerstag, hier bei euch", bestätigte Vitali durch eine Wolke aus würzigem Pfeifenrauch hindurch.

„Tatjana wird übrigens auch hier sein ...", antwortete Andrej auf eine Frage, die Vitali noch gar nicht gestellt hatte.

„Läuten Sie zweimal lange und einmal kurz. Das ist unser vereinbartes Zeichen, wenn einer von uns Einlass begehrt", fügte Andrej erklärend hinzu.

Vitali sah es als besondere Ehre an, nun offensichtlich selbst zu den Vertrauten von Andrej zu gehören.

„Ich werd' es so machen. - Zweimal lang und einmal kurz läuten", wiederholte er beim Hinausgehen.

Andrej gefiel diese Eile nicht, welche Vitali nun an den Tag legte. Dennoch blieb er sitzen und sah zu, wie der Rauch aus seiner Pfeife tanzend zur Decke stieg und dabei mystische Formen zeichnete.

Endlos lange Minuten ratterte der Lift aus dem achtundzwanzigsten Stock ächzend in die Tiefe. Unten angekommen, wanderte Vitalis Blick in alle Richtungen. Leider vergeblich, denn Tatjana war längst zwischen den zahllosen Häuserzeilen des Hoffnungsfeldes verschwunden, nicht aber aus Vitalis träumendem Herzen.

11

Schon am folgenden Donnerstag kamen sie alle bei Andrej zusammen. Jeder läutete wie vereinbart und bekam unverzüglich Einlass.

Es war eine kleine, aber erlesene Gruppe, die sich hier in Andrej Richtsteins Wohnung zusammengefunden hatte. Ein angesehener Neurologe, der nun im Untergrund leben musste, sowie ein junger Student der Sacharow-Universität waren genau so darunter wie auch die geheimnisvolle Tatjana.

Wenn sie am Wort war, lauschten alle anderen besonders andächtig. Denn sie sprach klug und ganz ohne Hass. Obwohl es bei ihren Themen um Revolution, Kampf und die wunderbaren Tage der letzten wahren Demokratie ging.

Wie Vitali erst später erfuhr, war Tatjana bereits Witwe. Eine 28-jährige Witwe in der vollen Blüte ihrer Jahre. Jeder von ihnen kannte ihre Geschichte, aber keinem wäre es je eingefallen, sie darauf anzusprechen.

... Es ereignete sich vor einigen Jahren. Schon damals kam es wiederholt zu Unruhen in der Stadt, welche die

Staatsbrigade nur mit Mühe in Zaum halten konnte. Entschlossene Demokraten hatten sich mit Steinen und Schlagstöcken bewaffnet und wollten in die Innenstadt vordringen. Man errichtete Straßensperren und brennende Barrikaden.

Tatjanas Mann war gerade auf dem Heimweg von der Fabrik, als er mitten unter die Demonstranten geriet. Er wechselte sofort die Straßenseite und strebte schnellen Schrittes ihrer gemeinsamen Wohnung zu. Bedacht, aber zügig bewegte er sich gegen den Strom der aufgebrachten Masse, weg von der Gefahrenzone und den lautstarken Ausschreitungen. Immer wieder flogen Steine und brennende Gegenstände durch die Luft. Schüsse der Staatsbrigade hallten in den Straßenschluchten nach und Flammen spiegelten sich züngelnd in den Fenstern der Häuser.

Unbeirrt ging Tatjanas Mann weiter und bog in seine Straße ein. Als er schon die Fenster ihrer gemeinsamen Wohnung sehen konnte, war ihm so, als stünde Tatjana hinter einem der Vorhänge. Sie schien ihm freudig zuzuwinken. Da peitsche plötzlich etwas durch die Luft.

Der junge Mann fiel vornüber auf den Boden. Wie ein Holzklotz klatschte sein Kopf auf den harten Asphalt. Blut rann aus seiner Schläfe und seinem Hinterkopf. Ein Querschläger hatte ihn von hinten getroffen.

Den, der nie auch nur bei einer einzigen Demonstration gewesen war. Den, der redlich seine Arbeit tat, seine Frau liebte und seine Bürgerpflichten erfüllte.
Nun lag er blutüberströmt im Rinnstein. Wenige Meter von seinem Heim entfernt.

Nur wenige Tage später bekam Tatjanas Mann ein Staatsbegräbnis erster Klasse, zu dem alle wichtigen Funktionäre der Neuen Freien Demokratie gekommen waren. Selbst das Staatsfernsehen mit einem großen Kamerateam war vor Ort.

Nur eine Person fehlte bei dieser Inszenierung: Tatjana. Daher übernahm kurzerhand eine Statistin des Staatsfunks ihre Rolle der trauernden Witwe, die nun den Leichenzug anführte. Kameragerecht küsste diese auch die Fahne der Neuen Freien Demokratie, die man über den Sarg von Tatjanas toten Mann gebreitet hatte.

Die echte Tatjana aber hatte sich in ihrer Wohnung eingeschlossen. Sie hatte als Zeichen der Trauer ihr langes Haar abgeschnitten und in den folgenden Nächten bittere Tränen der Verzweiflung geweint.

Inzwischen war einige Zeit vergangen. Zeit, die offene Wunden heilt, aber niemals die tiefen Narben im Herzen eines Menschen.

Der einzige Mensch, den Tatjana jetzt noch hatte und dem sie blind vertrauen konnte, war Andrej Richtstein. Ihr kleiner Bruder, den sie schon als Kind liebevoll Andrusch genannt hatte. Er war es auch, der ihr dabei half, wieder zurück in dieses Leben zu finden. An Gerechtigkeit zu glauben und niemals kampflos aufzugeben.

Dafür schenkte sie ihm jeden Tag ihres Lebens ein Lächeln, das tief aus dem Inneren ihres Herzens kam.

Genau in diesem Moment sah Vitali zu Tatjana hinüber. Dabei bemerkte er diese Zuversicht, die wieder unbändig aus ihren Augen strahlte. Ihre Blicke trafen sich, doch Vitali sah sofort weg.

Er fühlte sich ertappt. Ihm war ganz so, als könne Tatjana in seinen Gedanken lesen, und dabei die Gefühle spüren, die er in diesem Moment für sie empfand.

Vitali blickte wieder in die Runde der Diskutierenden. Voll Zuversicht erkannte er in den Gesichtern seiner neuen Freunde verwandte Seelen. Und in diesem Moment wusste er: Diese Menschen waren gut und sie wollten das einzig Richtige.

So saßen sie bis kurz vor drei Uhr morgens beisammen. In Gespräche vertieft, die ihre Seelen so tief berührten. Dabei drang das helle Licht aus dem Zimmer im achtundzwanzigsten Stock hinaus in die finstere Nacht. Gleich dem Leuchtfeuer eines einsamen Leuchtturmes auf seinem Weg durch die undurchdringliche Dunkelheit aus Ignoranz und Unverständnis, in einer hoffnungslos verwirrten Welt.

12

Es war erst kurz nach zwei Uhr an diesem Nachmittag, als Vitali K. mit dem vereinbarten Zeichen: zweimal lange, einmal kurz bei Andrej Richtstein an der Wohnungstür läutete. Er freute sich auf einen gelungenen Sonntag mit seinen Freunden und die reale Chance auf Revolution und weitgreifende Veränderungen.

Beim heutigen Treffen wollten sie wieder Pläne schmieden, wie dieses Regime sinnvoll zu bekämpfen wäre und wie man Widerstand gegen diese menschenverachtende Diktatur leisten konnte. Es kam sogar der Gedanke auf, eine eigene Partei zu gründen. Denn alle waren voller Energie und erfüllt von großem Tatendrang.

Der Arzt Dr. Winterfeld, ein Neurologe, der vormals im Dienste der *Neuen Freien Demokratie* gestanden hatte, begann gerade zu erzählen, als sich Vitali mit einer Tasse Tee zu ihnen setzte.

„Ich erinnere mich genau, als wäre es gestern gewesen ... die Worte dieser Frau waren wirr. Sie lag verkrampft, fast schon unnatürlich zusammengezogen auf der Liege unseres Computertomografen. Das

Einzige, was diese Frau noch gezielt bewegen konnte, war ihr linker Unterarm ..."

Der Psychiater stockte kurz und alle lauschten gespannt, als er weitersprach.

„Ihr Arm vollführte beängstigende Bewegungen und die Finger ihrer linken Hand krallten sich zusammen, verkrampften sich, als müssten sie etwas fernhalten, etwas, das so furchtbar war, dass sie es mit allen Mitteln abwenden musste. Selbst wenn ihr die nötige Kraft dazu fehlte.

Niemand von uns, der sie so daliegen sah, konnte glauben, dass sie einmal eine sehr bekannte Ärztin mit internationalen akademischen Titeln war. Jetzt war sie ein Wrack, das nackt vor uns auf diesem Behandlungstisch lag ..."

„Was hatte man mit ihr angestellt? Wer hatte sie so zugerichtet?", wollte einer aus der Runde wissen.

„Es waren unsere eigenen Leute."

„Was soll das bedeuten: unsere eigenen Leute?", hackte Vitali nach.

„Ich meine damit eine kleine Gruppe von Kollegen rund um den Primar Navarrow. Sie haben mit psychotronischen Behandlungen experimentiert."

„Womit haben sie experimentiert ...?", fragte Tatjana nach.

Vitali sah Doktor Winterfeld entsetzt an: „Was genau geschieht bei dieser psychotronischen Behandlung?"

„Sie zerstören dein Gehirn und nehmen dir deinen

Willen", warf Andrej Richtstein ins Gespräch ein, während er mit seiner Pfeife in der Hand gestikulierte. Tatjana sah ihn entsetzt an.

„… und sie zerstören auch deine Seele", fügte der Arzt hinzu.

„Die grausamste, aber die mit Abstand wirkungsvollste Folter, um jemanden willenlos zu machen", setzte Andrej fort und machte dabei einen weiteren tiefen Zug aus seiner Pfeife.

„Es begann alles als wissenschaftlicher Versuch, eine Art Experiment", erzählte Dr. Winterfeld weiter.

„Man zeigte den Probanden Serien von Bildern, die in andere Filme eingebettet waren, um zu beobachten, wie sie darauf reagieren würden."

„Das ist doch ein alter Trick, den die Amerikaner schon in den späten 1960er-Jahren zur Anwendung gebracht haben. Der aber, wie man mittlerweile nachgewiesen hat, völlig wirkungslos blieb", fiel ihm der junge Student ins Wort.

„Das stimmt allerdings", gestand der Neurologe. „Nur, dass die Methoden meiner russischen *Kollegen* dabei viel weiter gingen, als es die Amerikaner je gewagt hätten. Denn das Ärzteteam rund um Primar Navarrow verabreichte den Patienten Bestrahlungen, setzten sie elektromagnetischen Feldern aus und dann … dann arbeiteten sie mit radioaktivem Kobalt."

Vitali wusste noch aus seiner Schulzeit, dass Kobalt nicht ungefährlich war.

Der Arzt blickte in die Runde. „Kobalt ist ein Element mit der Ordnungszahl 27. In kleinen Mengen kann es der Mensch unbeschadet mit der Atemluft und dem Trinkwasser aufnehmen.

Wenn man Kobalt aber, so wie sie es taten, starkem Neutronenbeschuss aussetzt, wird es radioaktiv. Und mit einer Halbwertszeit von gut fünf Jahren ist es für den menschlichen Körper brandgefährlich."

„Und Sie denken, dass diese Kollegin von Ihnen, diese Ärztin, damit in Berührung gekommen war?", wollte Andrej von ihm wissen. Eine Frage, die alle an diesem Tisch beschäftigte.

„Ja, das glaube ich. Und es geschah nicht zufällig, sondern ganz gezielt."

Vitali und die anderen Gäste in der Runde sahen Doktor Winterfeld entsetzt an.

„Immer wieder gab diese arme Frau unartikulierte Laute von sich", schilderte der Arzt nun weiter. „Laute, die nur mehr entfernt an menschliche Worte erinnerten. Worte, die man in Momenten des Schmerzes und der größten Angst von sich gibt. Auch wenn diese Laute unverständlich blieben, waren sie dennoch so durchdringend und bitter, dass ich sie nie mehr in meinem Leben vergessen werde."

Tatjana und die anderen hörten Doktor Winterfeld fassungslos zu.

„Diese Frau wollte uns etwas sagen ... krampfhaft schien sie auf etwas hinzuweisen. Erst als sie mit Daumen und Zeigefinger eine vage Bewegung machte, die an eine Hand erinnerte, die einen Stift umklammert hält, kam jemand von uns auf die Idee, ihr Papier und Bleistift zu geben. Da hörte ich auch schon diese Stimme hinter mir: „Winterfeld, was fällt Ihnen ein! Sie glauben doch wohl selbst nicht, dass sie in diesem Zustand …", polterte Primar Navarrow hinter mir los.

Ich hatte schon damals den Eindruck, dass genau dieser Mann unsere detaillierten Untersuchungen am liebsten sofort beendet hätte. Denn er schien mehr zu wissen, als er zugab. Doch in diesem Moment konnte er nichts gegen uns unternehmen. Obwohl er der ranghöchste Funktionär, im Dienste der *NFD* von uns allen war. Wir waren zu viele im Raum, die auf diese Sache aufmerksam geworden waren.

Beherzt gab ich der sterbenden Frau nun Papier und einen Stift. Noch bevor sich jemand im Raum dazu äußern konnte, schien sich unsere verstörte Patientin ein wenig zu beruhigen. Ihr Puls wurde gleichmäßig und ihr EKG beruhigte sich merklich. Mit fahrigen Bewegungen ihrer linken Hand kritzelte sie nun etwas auf das Blatt …"

Alle waren nun dichter um Andrejs Wohnzimmertisch zusammengerückt und wollten noch mehr erfahren.

„Anschließend fiel der Bleistift klackend zu Boden und ich nahm ihr den Zettel aus der Hand", setzte Winterfeld fort. „Nur mit größter Mühe konnte ich entziffern, was sie da zusammengekritzelt hatte. Genau genommen waren es nur zwei Worte. Zwei unzusammenhängende Worte."

In diesem Moment wurde es so still im Raum, dass man selbst Tatjanas aufgeregten Atem hören konnte.

Dr. Winterfelds Kehle wurde trocken. Hastig nahm er einen großen Schluck aus seinem Weinglas, dann setzte er fort: „Auf dem Zettel stand, in schwer entzifferbarer Handschrift: Co 27. - Sonst nichts."

Vitali und Tatjana sahen sich fragend an.
„Zunächst war ich irritiert, doch schon im nächsten Moment wusste ich: Sie hatten es tatsächlich getan!" Winterfeld stockte und sein Blick schweifte in die Ferne.
„Was hatten *sie* getan?", fragte einer aus der Runde.
„Was soll das bedeuten? Co 27?", hackte Tatjana nach.

Doktor Winterfeld atmete tief durch.
„Co steht für Cobalt, so wie es die Chemiker bei uns schreiben, mit den Buchstaben C und O. Siebenundzwanzig ist die Ordnungszahl von Kobalt innerhalb des Periodensystems, wie ich vorhin schon einmal erwähnte."
Der Student der Sacharow-Universität nickte zustimmend.
„Nun wusste ich, sie war verloren. Man hatte an ihr eine psychotronische Behandlung durchgeführt. Mit einer viermal zu hohen Dosis an radioaktivem Kobalt, wie ich später herausfand", fügte Dr. Winterfeld hinzu.

Schweigen erfüllte den Raum für lange Minuten. Keiner konnte fassen, was sie soeben gehört hatten.

„Mein Gott, wie kann man einem Menschen so etwas nur antun?", warf Tatjana verzweifelt in die Runde.

„Was haben Sie dann unternommen? Haben Sie Anzeige erstattet?", wollte der junge Student von Doktor Winterfeld wissen.

Der Arzt schluckte kurz.

„Formal stellten wir folgende Diagnose: massive Schädigung der Gefäße im Großhirn."

„Aber das ist ja absurd. Sie sind ein ausgezeichneter Neurologe. Sie wussten doch genau, wodurch sie in diesen Zustand gekommen war. Sie hätten diese Kollegen vor Gericht bringen müssen!", wetterte der Student.

„Was hätten Sie an meiner Stelle getan? Etwa den Helden gespielt?", fiel ihm der Arzt ins Wort. „Nachdem nun schon so viele von unserer Station Zeugen dieses Falles geworden waren, mussten wir eine *offizielle* Diagnose stellen und das taten wir. Danach wurde nie wieder über diesen Fall gesprochen. - Drei Wochen später wurden zwei meiner Kolleginnen und ich aus dem Spitalsdienst entlassen. Über Nacht und ohne Angabe von Gründen."

Vitali wandte seinen Blick ab. Das also war das Land, in dem er leben musste.

„Zumindest sind Sie dadurch einer von uns geworden, lieber Winterfeld. Es ist also nie zu spät, sich für das Richtige zu entscheiden", philosophierte Andrej Richtstein mit einem Anflug von Lächeln im Gesicht.

„Jeder findet auf einem anderen Weg zur Wahrheit. Und dies war nun einmal Ihr Weg."

Es dauerte noch lange, bis sich die Gemüter einigermaßen beruhigt hatten und so war es über ihren angeregten Diskussionen wieder einmal spät geworden. Als es nun auch noch stark zu schneien begann, beschloss Tatjana aufzubrechen, um möglichst vor Einbruch der Dunkelheit zu Hause zu sein. Darüber hinaus hatte man für diesen Abend wieder weitreichende Straßensperren und strenge Ausgangsbeschränkungen angekündigt.

Vitali ging mit Tatjana. Gemeinsam fuhren sie mit dem Lift hinunter ins Erdgeschoss. Das bläuliche Licht aus den Fenstern der Stockwerkstüren zeichnete unregelmäßige Lichtstreifen auf Tatjanas Gesicht.

„Das Leben ist so grausam", sagte Tatjana plötzlich mit ernster Stimme.

„Nicht das Leben ist grausam, Tatjana. Es sind die Menschen …", entgegnete Vitali.

Unten angekommen, sahen sie erst das volle Ausmaß des Schneetreibens. Tatjana zog sich ihre Jacke schützend über den Kopf, sobald sie unter dem Vordach des Hochhauses hervortrat. So konnte sie zumindest ihre Frisur vor dem Schneegestöber schützen.

„Ich werde dich besser nach Hause begleiten", hauchte Vitali leise.

Tatjana drehte sich, mit der Jacke über dem Kopf, zu ihm und lächelte.

„Das ist keine gute Idee, Vitali."

„Aber es schneit doch ganz entsetzlich ... und die Schergen der *Staatsbrigade* sind überall in den Straßen unterwegs."

Tatjana kam auf Vitali zu und hielt ihre Jacke nun schützend über sie beide. Dabei küsste sie ihn freundschaftlich auf die Wange.

„Es wäre nicht gut, wenn man uns hier unten zusammen sieht", sagte sie leise und bog mit einer ausweichenden Bewegung in die entgegengesetzte Richtung ab, als sie es normalerweise immer tat, wenn sie von Andrejs Wohnung aus zur Stadtbahn ging.

Wortlos trat Vitali K. seinen Heimweg an, während der Schneefall nun in Regen überging und in langen, dünnen Fäden vom Himmel weinte.

13

Vitali hängte seinen völlig durchnässten Mantel auf und schloss die Eingangstür von innen ab. Nun war er in seinen eigenen vier Wänden, wo er sich zumindest für einige Stunden sicher und geborgen fühlen konnte.

Vitali ging ins Wohnzimmer, um vor dem zu-Bett-Gehen noch einmal nach seiner Schatulle mit dem wertvollen Wort zu sehen. Er wollte es noch einmal versuchen. Vielleicht würde es ihm jetzt gelingen, das geheimnisvolle Wort zu entschlüsseln.

Bevor Vitali das Licht im Wohnzimmer einschalten konnte, hörte er, dass außer ihm anscheinend noch jemand in der Wohnung war. Vorsichtig trat er einen Schritt zurück und verbarg seine Hände hinter dem Rücken. So konnte man die Schatulle zumindest nicht sofort erkennen.

Die Verbindungstür zu seinem Schlafzimmer stand weit offen. Im Halbdunkel bemerkte Vitali einen Schatten. Es handelte sich um einen Mann in einem bodenlangen Mantel aus schwarzem Leder. Er stand in der Dunkelheit und fixierte Vitali.

„Tatjana?!? - Bist du das?", fragte er, vorsichtig in die Dunkelheit. Obwohl ihm nun immer klar er wurde, dass es sich bei dem geheimnisvollen Fremden um jemanden anderen handeln musste.

„Wer sind Sie ... und was wollen Sie hier?", fragte Vitali schroff.

„Wie geht es Ihnen, Vitali?", klang unvermittelt eine sonore Männerstimme aus dem dunklen Nebenraum. Vitali zuckte zusammen, als er diese Stimme hörte. Da war tatsächlich jemand in seine Wohnung eingedrungen.

Der Fremde im langen Ledermantel zog es noch immer vor, im Schutz des dunklen Schlafzimmers zu bleiben.

„Wer sind Sie? Und wie sind Sie überhaupt in meine Wohnung hereingekommen?", Vitalis Stimme überschlug sich förmlich.

„Sie sind uns schon seit einiger Zeit aufgefallen", setzte der seltsame Besucher unbeirrt fort. „Sie sind doch Vitali Wolodymyr K.?", fügte er an.

„Natürlich bin ich der. Wer sollte ich denn sonst sein?" Vitali senkte seinen Blick. Obwohl seine Stimme alles andere als unterwürfig klang.

„Sie haben doch sicher bei den letzten Wahlen die *Neue Freie Demokratie* gewählt, oder?"

„Natürlich habe ich das ...", entgegnet Vitali.

Welche Alternative hatte man schließlich, seit das Wahlgeheimnis nur mehr auf dem Papier bestand, ging es Vitali durch den Kopf, ohne es laut auszusprechen.

„Warum sieht man Sie dann in letzter Zeit nicht mehr bei den Veranstaltungen und Bürgertreffen in Ihrem Bezirk? Haben Sie denn keine Zeit mehr für unsere *Neue Freie Demokratie*?

„Doch ... natürlich nehme ich mir die Zeit dafür", log Vitali überzeugend.

„Vielleicht sollten Sie weniger mit der Stadtbahn spazieren fahren?", bedrängte ihn nun die Stimme aus seinem Schlafzimmer.

Vitali fand keine Antwort. Zumindest keine, die einigermaßen plausibel klang.

„Ich hoffe, wir müssen uns keine Sorgen um Sie machen? Die Staatsführung mag es gar nicht, wenn sie sich Sorgen um einen ihrer Bürger machen muss."

Vitalis Blick schweifte hilfesuchend zu seiner Wanduhr. Es war kurz vor ein Uhr nachts und er befand sich noch immer alleine mit einem wildfremden Mann der *Staatsbrigade* in seiner Wohnung.

Verschwindet endlich aus unserem Leben. Lasst uns alle in Ruhe und gebt uns wieder unser Land zurück, hätte Vitali am liebsten gerufen, aber er konnte es nicht. Ihm fehlte heute die Kraft, aufzustehen und auszusprechen, wovon er zutiefst überzeugt war.
Seine Gedanken kreisten im Augenblick einzig und alleine darum, wie er diesen unliebsamen Besucher unbeschadet aus seiner Wohnung hinausbekommen

konnte. Außerdem musste er seine geliebte Sammlung verbotener Wörter vor diesen Schergen schützen. Sein nächster Gedanke galt Andrej und Tatjana. Denn auch sie waren mit Sicherheit in Gefahr.

Unvermittelt kratzte ein Stuhlbein über den glatten Steinboden in seiner Küche. Vitali fuhr herum. Was wollte der Fremde nun in seiner Küche?

Als Vitali wieder zur Schlafzimmertür hinübersah, war der unheimliche Schatten verschwunden. Ganz so, als ob sich der geheimnisvolle Fremde in Luft aufgelöst hätte.

Vitali lauschte in die Stille der Nacht. Auch aus den anderen Räumen vernahm er kein Geräusch. Kein Zuschlagen seiner Eingangstür, keine Schritte im Stiegenhaus.

In seiner Wohnung herrschte mit einem Mal wieder die gewohnte Stille der Nacht. Vitali stürzte in die Küche und nahm eine Weinflasche aus dem Regal. Er hielt diese wie eine Keule in seiner geballten Faust, während er sich daranmachte, seine Wohnung nach Spuren des Eindringlings zu durchsuchen.

Seltsamerweise konnte Vitali nichts Außergewöhnliches entdecken. Folglich hatte er auch keine Beweise in Händen, welche diese unheimliche Begegnung glaubhaft belegen könnten. Denn die *Staatsbrigade* arbeitete sauber und hinterließ dabei keine Spuren.

Als Nächstes machte Vitali in allen Räumen Licht. Als könne er damit all das Böse und Finstere vertreiben, das diese unerträgliche Diktatur über ihn und die Menschen in seinem Land gebracht hatte.

Nach endlosen Minuten der inneren Unruhe sank Vitali völlig erschöpft auf sein Sofa nieder. Die Uhr zeigte bereits weit nach zwei Uhr nachts. Vitali griff noch einmal nach der Weinflasche, nur jetzt mit der Absicht, sie zu öffnen. Er wollte seine Seele mit ihrem Inhalt, der nun rot glänzend in sein Weinglas rann, langsam betäuben.

In diesem Moment überkam Vitali K. die unauslöschliche Gewissheit, dass er bei seiner Suche nach der Wahrheit schon viel zu weit gegangen war. Trotz allem gab es für ihn aber kein Zurück mehr.

14

Vitali überlegte an diesem Morgen ernsthaft, was er als Nächstes tun musste. Er wusste, dass es wohl das Vernünftigste gewesen wäre, den Kontakt zu Andrej und den anderen in dieser Gruppe abzubrechen. Selbst wenn sie inzwischen Freunde waren. In mancher Hinsicht waren sie sogar schon mehr als gute Freunde. Sie waren verwandte Seelen, die einander niemals im Stich lassen würden.

In diesem Moment musste Vitali unweigerlich an Tatjana denken. Ihm war in diesem Moment, als könne er sogar ihr Parfüm riechen. Ein milder Duft, der mit einem Mal in der Luft lag und seine Nase zart umschmeichelte.

Alleine der Gedanke, Tatjana womöglich nie wieder sehen zu können, brach Vitali das Herz. Sein Atem stockte, sobald er auch nur für einen Moment an sie denken musste. Tatjanas bloße Existenz war für ihn zu einer Art Lebenselixier geworden.

Der sanfte Klang ihres Lachens, ihre weichen Bewegungen, selbst der bloße Anblick ihrer Silhouette.

All dies reichte schon, um ein verliebtes Lächeln in Vitalis Herz zu zaubern.

Er überlegte kurz, dann griff er entschlossen zum Telefon und wählte eine Nummer, die nur er und Andrej Richtstein kannten.

15

Zielstrebig lief Vitali an diesem Vormittag durch die Straßen der Stadt, bis er schließlich vor dem verlassenen Funkhaus stand.
Vitali erkannte es kaum wieder. Das einst so imposante Gebäude machte einen erbärmlichen Eindruck auf ihn. Brandschäden hatten die Fassade verunstaltet. Die wenigen intakt gebliebenen Scheiben waren weiß gekalkt, und das große Eingangstor hatte man mit rauen Brettern ungleichmäßig zugenagelt.
Vitalis melancholischer Blick wanderte zu jenem Fenster im dritten Stock, hinter dem alles begonnen hatte. Hinter dem Andrej Richtstein mit seinen Cordbändern und den großen Stimmen einer verlorenen Vergangenheit hantiert hatte. Ein Ort, der Vitalis Leben für immer veränderte.

Als im nächsten Moment eine dunkle Limousine an ihm vorbeiraste, trat Vitali hastig einen Schritt zurück. Dabei knirschte etwas unter seinen Schuhen. Er war versehentlich auf etwas getreten, das nun zerbrochen zwischen seinen Füßen lag. Behutsam hob Vitali den glänzenden Gegenstand auf. Interessiert drehte er das kleine Ding zwischen seinen Fingern. Vitali erschrak, als er erkannte, worum es sich dabei handeln musste.

Eilig ging er nun auf den Platz zu, auf dem die einladende Skulptur des überdimensionalen menschlichen Ohrs aufgestellt war, die das Portal des Funkhauses immer geschmückt hat. Dieses unscheinbare Stück aus buntem Porzellan in seiner Hand war ein Teil davon. Vitali wollte ihn wieder an seinen Platz zurückbringen.

Doch schon im nächsten Moment blieb er wie angewurzelt stehen, als er sich unmittelbar vor der Skulptur befand oder besser gesagt: vor den traurigen Resten, die davon noch übrig waren.

Verzweifelt suchte Vitali in dem Scherbenhaufen, der nun aussah wie ein hohler Zahn, dem man die Krone abgeschlagen hatte, jene Stelle zu finden, an der die bunte Kachel einmal gesessen hatte. Er war verzweifelt und entsetzt zugleich. *Wie konnte jemand nur so etwas Entsetzliches tun?*

In diesem Moment fuhr die dunkle Limousine erneut an Vitali vorüber. Mit dem einzigen Unterschied, dass sie jetzt aus der anderen Richtung kam und - ohne Eile - langsam die Rundfunkstraße hinunterrollte.

Auf seiner Höhe angekommen, hatte Vitali den Eindruck, dass der Wagen für einen kurzen Moment sogar erneut sein Tempo verringerte. Hinter der abgedunkelten Scheibe war nun ganz deutlich ein Augenpaar zu erkennen. Es fixierte ihn für einen unerträglich langen Moment, ehe der Wagen wieder langsam davonfuhr.

Sicherheitshalber wechselte Vitali die Straßenseite und richtete seinen Blick starr auf den Boden vor ihm. Schon wenige Augenblicke später kam die dunkle Limousine abermals von hinten auf ihn zu.

Vitali tat so, als würde er sie nicht bemerken. Erst als der Wagen nun gemächlich auf selber Höhe neben ihm die Rundfunkstraße entlangfuhr, beschleunigte Vitali unmerklich seine Schritte.

16

Holz ächzte und das Licht fiel unvermittelt in das großzügige Foyer, als jemand eines der Bretter herunterriss, die den Eingang des Funkhauses verbarrikadierten. Krachend barst ein weiterer Balken und im selben Moment schob sich auch schon ein Körper durch die schmale Öffnung ins Innere. Es war Vitali K. Er war unbemerkt umgekehrt, nachdem sich die dunkle Limousine weit genug von ihm entfernt hatte.

Vitali betrachtete seine Hände. Die Späne des rauen Holzes schmerzten in seinen Handflächen. Wie unsichtbare Dornen saßen sie knapp unter seiner Haut fest. Doch das war ihm egal. Er musste unbedingt noch einmal in dieses Gebäude. Er musste herausfinden, ob sich nicht noch weitere wertvolle Zeitdokumente in diesem Haus verbargen. Dokumente, die er vor den Schergen der *Staatsbrigade* retten musste.

Da fasste ihn auch schon eine Hand von hinten an die Schulter. Hastig fuhr Vitali herum. Sein erster Gedanke war: *Flucht!*

„Vitali, ich bin es doch ...", drang eine bekannte Stimme an sein Ohr. Als Vitali sich umdrehte, sah er direkt in die gutmütigen Augen seines neuen Freundes Andrej Richtstein.

„Ich dachte, du wolltest drüben bei der Metzgerei auf mich warten?"

Vitali atmete beruhigt durch. Die Gesellschaft von Andrej Richtstein gab ihm immer wieder aufs Neue das Gefühl von Sicherheit.

„Was erwartest du dir von unserem Besuch hier?", wollte Andrej von ihm wissen, während sie immer weiter in das einsturzgefährdete Gebäude vordrangen.

„Wonach suchen wir eigentlich? - Offen gesagt, habe ich am Telefon nicht richtig verstanden, wovon du gesprochen hast, als du meintest, ich sollte unbedingt zum Funkhaus kommen."

„Ich suche nach Wörtern ... oder genauer gesagt nach Stimmen", besserte sich Vitali aus. „Stimmen so wie jene auf deinen Cordbändern, die du vorgespielt hast ... Stimmen der Vernunft."

Als er das gehört hatte, blieb Richtstein unvermittelt stehen und hielt Vitali am Oberarm fest. Seine buschigen Augenbrauen hoben sich, als er Vitali nun tief in die Augen sah. „Hier sind wir genau am richtigen Ort. Dies ist ein Haus voller Stimmen!"

Vitali sah seinen Freund fragend an, denn dieser Andrej Richtstein steckte voller Überraschungen.

„Los, komm einfach mit. Ich muss dir etwas zeigen", rief Andrej voll Begeisterung. Danach hob er seinen Zeigefinger, während er mahnend anfügte: „Aber sag' nachher ja nicht, ich hätte dich nicht gewarnt ...!"

Vitali war bereit. Mehr noch, er war fest entschlossen, und so folgte er Andrej Richtstein, ohne zu zögern. Schon im nächsten Moment verschwanden die beiden Männer im Kellergeschoß des Funkhauses.

Ein Schlüssel drehte im Schloss und quietschend öffnete sich eine dicke Eisentür, langsam und schwerfällig. Mit routinierter Bewegung tastete Andrej Richtstein nun mit seiner Handfläche rechts von der Türe an der Innenwand entlang. Wie er wusste, musste sich dort einer der Lichtschalter befinden. Augenblicke später legte er diesen um, aber es blieb stockdunkel.

„Schon wieder. - Kein Saft", raunte er mürrisch. Vitali K. versuchte inzwischen Details in der dunklen Halle zu erkennen, die nun vor ihnen ausbreitete. Sie schien unerwartet groß und mit meterhohen Regalen bestückt zu sein. Die Neugier trieb ihn voran, doch Richtstein packte ihn schon im nächsten Moment am Ärmel.

„Vorsicht!", stieß er aus und deutete dabei auf Vitalis Füße.

Erst jetzt sah Vitali, dass unmittelbar vor ihm eine Metalltreppe steil nach unten führte.

Richtstein tastete sich nun behutsam zur gegenüberliegenden Wand vor.

„Wenn wir etwas Glück haben, müssen hier noch irgendwo ... ich muss nur noch den Schaltkasten finden. Es würde mich wundern, wenn es hier drinnen keinen gäbe."

Vitali blieb wie angewurzelt stehen. Er wollte keinen einzigen weiteren Schritt setzen, bevor Andrej nicht den Lichtschalter gefunden hatte.

Augenblicke später war dieser auch schon wieder zurück und leuchtete mit einer Stablampe von unten in sein eigenes Gesicht. Andrejs triumphierende Augen strahlten Vitali dabei aus dem Dunkeln entgegen. Dabei wirkten seine Augenbrauen noch buschiger, als sie es ohnehin schon waren.

„So, jetzt können wir." Andrej räusperte sich theatral. Dann begann er würdevoll zu sprechen, während er die Taschenlampe in den Raum richtete.

„Wertes Publikum, ich präsentiere Ihnen nun das *Memoire Visuelle Européenne!*"
„Das, was ...?", fragte Vitali ungläubig.
Ohne seine Frage zu beantworten, wanderte der Lichtstrahl aus Richtsteins Lampe in Richtung der Regale am unteren Ende der Treppe. Vitali konnte gar nicht anders, als ihm mit seinen Blicken zu folgen.

Was er jetzt sah, überstieg alle Erwartungen. Ein unendlich hoher Raum voller Regalreihen tat sich vor seinen begeisterten Augen auf.

Ein übervolles Archiv, angefüllt mit tausenden

Tonbändern, Filmrollen und Cordbändern.

„Das ... das ist ... das ist einfach unfassbar", stammelte er.

„Ja, das ist es", bekräftigte Andrej.

„Woher stammen all diese Aufnahmen?", wollte Vitali nun wissen.

„Das ist das Herzstück des *Memoire Visuelle* der ehemaligen EU. Sozusagen ihr visuelles Gedächtnis. Eine einzigartige Sammlung der wichtigsten Zeitdokumente aller uns bekannten Demokratien *vor* der Zeitenwende. Aus jenen Tagen, bevor diese *Neue Freie Demokratie* die Herrschaft an sich gerissen hat."

Andrei überlegte angestrengt.

„Was wird nun daraus? Wer wird sich in Zukunft um all diese Schätze kümmern? Oder soll das alles hier einfach vermodern und dabei für immer verloren gehen?"

„Du hast völlig recht", erwiderte Andrej, und ergänzte sogleich: „Bei unsachgemäßer Lagerung wird das alles hier eines Tages zu Staub zerfallen."

„Oder, was noch weit schlimmer wäre", unterbrach ihn Vitali, „stell dir vor, das alles hier fällt schon davor den Schergen der Staatsbrigade in die Hände."

Vor seinem geistigen Auge sah er dabei Männern in blank polierten Stiefeln, die mit Flammenwerfern bewaffnet, durch die endlosen Regalreihen marschierten.

„Du wirst sehen, es wird alles so kommen, wie du gerade sagst", entgegnete Andrej enttäuscht.

Als die beiden Männer im nächsten Moment ein dumpfes Grollen, von weiter oben im Gebäude vernahmen, zuckten sie unwillkürlich zusammen. Andrej löschte sofort die Taschenlampe.

„Los, sehen wir zu, dass wir so schnell wie möglich hier hinauskommen!"

17

Wortlos ging Vitali mit Andrej nun eine ganze Weile die Rundfunkstraße hinunter. Plötzlich hielt Richtstein inne und bog unvermittelt in eine der Seitenstraße. Vitali blieb stehen und deutete in Richtung der nächsten großen Straßenkreuzung.
„Ich dachte, wir wollten zur Stadtbahnstation?"
„Davor möchte dir aber noch einen alten Freund vorstellen. Er hat den Gulag *Buchen-Au* überlebt."

Vitali schnürte es den Magen zu. Er wusste, wofür *Buchen-Au* stand.
„Ich dachte … von dort kommt keiner mehr lebend zurück?"
„Das habe ich auch nicht behauptet. Ich denke, es ist am besten, du machst dir selbst ein Bild."
Vitali lief es in diesem Moment kalt über den Rücken. Nur zu gerne wäre er jetzt in Ruhe zu Hause bei seinen geliebten Wörtern gewesen. Besonders in jenem Moment, als er das Wort *Buchen-Au* aus Andrejs Mund gehört hatte.
Aber er wusste auch, da war etwas, das konnte nicht warten. Das Leben wollte ihm etwas zeigen, ihn auf etwas aufmerksam machen. Es forderte Vitali in die-

sem Moment geradezu auf, ganz genau hinzusehen, um besser zu begreifen, was mit ihm und den Menschen in seiner Stadt geschähen war.

Aus diesem Grund folgte er Andrej Richtstein unverzüglich, ohne dabei auch nur ein einziges Wort der Widerrede zu verlieren.

18

Andrej klopfte zweimal lange und einmal kurz. Woraufhin ein unscheinbarer, eher klein gewachsener Mann mit Hornbrille die Tür öffnete. Er musste dafür zuerst zahlreiche Riegel und andere Sperrvorrichtungen mit klickenden Geräuschen umlegen.

Dieser Mann, mit seiner schief sitzenden Baskenmütze, der im Film einen guten Franzosen abgegeben hätte, erkannte Andrej Richtstein sofort. Freundlich bat er ihn herein.

„Wie geht es Ihnen heute, Anatol?", leitete Andrej das Gespräch ein. Als der alte Mann nun auch Vitali erblickte, der Andrej mit einigem Abstand gefolgt war, wich er einen Schritt zurück und drückte wie besessen auf seine seltsame Armbanduhr.

„Er tut dir nichts, Anatol. Er ist ein Freund. Verstehst du? - Ein Freund."

Vitali war nicht klar, wie er darauf reagieren sollte. *Verhalte dich in jedem Fall ruhig, egal, was er sagt oder was er auch tut*, hatte ihm Andrej im Treppenhaus nochmals eingeschärft. Also blieb Vitali einfach ruhig stehen.

„Hallo, ich bin Vitali." Mit einer langsamen Handbewegung hob Vitali vorsichtig seinen Arm an und winkte lächelnd zu Anatol hinüber.

„Glaub' mir, du musst keine Angst vor Vitali haben", insistierte Andrej, indem er von oben auf Anatol einredete, der von deutlich kleinerer Statur als er selbst war. Anatol sah Vitali kurz an, ohne dass sich ihre Augen dabei trafen. Dann drehte sich der Alte um und schlurfte wortlos davon. Vitali folgte Andrej und dem alten Mann durch den Vorraum tiefer ins Innere dieser beengten Wohnung.

„Vitali interessiert sich besonders für deine Apparaturen und Abwehreinrichtungen", versuchte Andrej den Grund ihres Besuches zu begründen.

Anatol hielt kurz inne, wankte aber dann wortlos weiter in den nächsten Raum.

Auch der Rest dieser Wohnung war düster und vor allem ungemütlich, obwohl sie aus zahlreichen Räumen zu bestehen schien. Vitali musste aufpassen, nirgends anzustoßen oder gar einen der zahllosen Kupferdrähte abzutrennen, die überall aus den Wänden hingen. Erst jetzt bemerkte Vitali, dass nahezu die gesamte Decke mit einer Art Aluminiumfolie verklebt war, die ungleichmäßig und ausgefranst von der Decke hing. Das ließ die gedrungenen Räume noch einmal niedriger erscheinen. Andrej schien das alles nicht sonderlich zu stören. Erst als er Vitali einen Blick zuwarf, der so viel bedeuten sollte, wie: *Ich habe dir wohl nicht zu viel versprochen, oder?*, wusste Vitali, dass sie beide in diesem Moment dasselbe dachten.

Erst jetzt ergriff Anatol Svoboda das Wort: „Ich kann Ihnen das System anhand von diesem alten Lautsprecher hier demonstrieren."

Der alte Mann trug noch immer seine Baskenmütze, obwohl die Wohnung von hoffnungslos überhitzter Luft erfüllt war.

Sie standen nun alle drei in einem Raum, der über und über mit zerlegten elektrischen Kleingeräten gefüllt war. Zahllose Küchenmaschinen waren ebenso darunter wie zerlegte Radioapparate und unzählige, grün schimmernde elektrotechnische Platinen.

Dieser Mann hat Buchen-Au überlebt, rief sich Vitali in Erinnerung.

„Wenn Sie diese beiden Kontakte hier, die mit dem Lautsprecher verbunden sind, abtrennen und genau umgekehrt wieder anschließen, können Sie aus jedem Lautsprecher ein Mikrofon machen, das jedes Wort, das im Raum gesprochen wird, aufzeichnet."

Anatol Svoboda blickte die beiden über den Rand seiner dicken Hornbrille vielsagend an.

„Du musst wissen, Herr Svoboda war früher Radiotechniker, bevor ..." Andre hielt mitten im Satz inne.

„... bevor man diese Behandlung mit mir machte", setze Svoboda völlig unbekümmert fort.

„Welche Behandlung?", wollte Vitali wissen.

„Die Bestrahlungen mit ihrer psychotronischen Waffe", antwortete Anatol Svoboda mürrisch.

Vitali sah den alten Mann entsetzt an.

„Zuerst verlierst du die Haare und dann fallen dir alle Wimpern und deine Augenbrauen aus. Sie behandeln dich so lange, bis du keinen eigenen Willen mehr hast und deinen besten Freund, selbst deine eigene Mutter, an sie verraten würdest."

„Das ist furchtbar. Wissen die Behörden von diesen Vorgängen?"

„Sie sind die Behörde!", entgegnete Svoboda. Dabei nahm er seine Kappe ab, da ihn etwas darunter zu jucken schien.

„Was ist das nun wieder?", wollte Vitali wissen und zeigte auf Anatols Kopf, auf dem zumindest wieder ein kleiner Haarkranz nachgewachsen war.

„Ach das. Das ist eine weitere von Anatols einfallsreichen Erfindungen", meinte Andrej.

„Damit schütze ich meinen Körper vor weiteren psychotronischen Strahlen hier im Viertel ...", erklärte Anatol bereitwillig.

Vitali wandte sich Andrej zu: „Was genau geht hier draußen vor sich?"

„Eine ganz üble Geschichte. Du hast sicher von dieser jungen Familie gehört? Ganz hier in der Nähe. Dem Vater, der Mutter und den zwei kleinen Kindern."

Andrej kraulte sich, während er darüber sprach, unter dem Kinn.

„Was ist mit ihnen?", wollte Vitali wissen.

„Sie sind alle tot. - Alle vier starben innerhalb von nur wenigen Tagen. Ganz plötzlich und ohne jede Gewalteinwirkung von außen."

„Man hatte sie von einer Nachbarwohnung aus mit radioaktivem Kobalt bestrahlt. - So wie sie es mit uns allen machen", ergänzte Anatol Svoboda.

Angeregt durch diese Ausführungen, musste sich Vitali Klarheit verschaffen, ob sie nicht auch, ohne es zu wissen, von außen bestrahlt wurden.
Obwohl man diese geheimnisvollen Strahlen eigentlich nicht sehen konnte, blickte Vitali dennoch besorgt aus einem der Fenster. Vielleicht konnte er dort draußen etwas Verdächtiges entdecken, das Svobodas obskure Thesen untermauern würde.

Schon im nächsten Moment schreckte er zurück. Denn das Einzige, das er sehen konnte, war feinmaschiger Gitterdraht. Erst jetzt wurde ihm bewusst: Anatols Fenster waren alle mit diesem Draht verhangen. Gitterdraht, wie man ihn sonst nur von Hasenställen kannte.

Vorsichtig strich Vitali mit seinem Zeigefinger über die raue Oberfläche des Drahtes. Erst als er den Schmerz auf seiner Fingerkuppe spürte, zuckte er zusammen. Selbst diese Gitter hier standen unter elektrischer Spannung.

Unbeirrt erzählte Svoboda indes weiter. Dazu nahm er erneut seine Mütze ab und deutete auf seine Stirn, welche eine Art Diadem aus Kupfer schmückte.

„Ich trage diesen Kupferring um meinen Kopf, Tag und Nacht. Er gehört zu diesen beiden Armbändern hier." Anatol schob den linken Ärmel hoch und deutete auf seinen Unterarm, den ein weiteres, selbst gebasteltes Kupferarmband umschloss.

„Diese Armbänder sind über Drähte mit meinen Fußgelenken verbunden, an denen ich ebenfalls Bänder trage, um diesen Kreislauf zu schließen."

Anatol versuchte sich hinunterzubeugen, um sein Hosenbein hochzuziehen. Doch seine Glieder waren zu steif und ungelenk, um auch nur in die Nähe seiner Füße zu kommen.

„Lass' nur Anatol, wir können es uns auch so gut vorstellen. Nicht wahr, Vitali?"
Andrej blickte hilfesuchend zu Vitali hinüber.

„Klar doch ... sehr gut sogar", bestätigte dieser schnell.

Da knöpfte der alte Mann auch schon ganz unvermittelt sein Hemd auf. Was ihm, ohne Nägel an den Fingerkuppen, sehr beschwerlich war.

Vitali und Andrej sahen sich an. Was sollte das nun wieder? Vitali rechnete mit dem Schlimmsten.

In diesem Augenblick holte Anatol Svoboda auch schon eine zigarettenschachtelgroße Box unter seinem weiß gerippten Unterhemd hervor.

„Das hier ist das Herzstück meiner Erfindung", setzte er fort. Dabei hielt er ihnen den kleinen Plastikkasten stolz entgegen.

„Hier laufen alle Drähte zusammen und steuern den niederfrequenten Impuls, der mich am Leben erhält."

Vitali und Andrej Richtstein konnten bei bestem Willen nichts anderes erkennen als den alten Trafo einer kaputten Spielzeugeisenbahn, auf den der sichtlich verwirrte Tüftler Knopfzellen und eine Reihe weiterer Drähte angelötet hatte.

Dieser Mann hat den Gulag Buchen-Au hinter sich, rief sich Vitali erneut ins Gedächtnis. *Und er hat darüber hinaus eine ganze Reihe menschenverachtender Versuche mit psychotronischen und radioaktiven Bestrahlungen überlebt. Unendliche Qualen, die ihm die Schergen der „Neuen Freien Demokratie" zugefügt hatten.*

19

Als Vitali kurze Zeit später wieder mit Andrej Richtstein auf die nächste Station der Stadtbahn zuging, genoss er es wie schon lange nicht mehr, sich frei bewegen zu können und im Vollbesitz seiner geistigen Kräfte zu sein.

Vitali sog die reine Abendluft mit vollen Zügen in seine Lungen. Der frische Sauerstoff befreite seinen Kopf zumindest für einige Augenblicke von diesen dunklen Bildern, die in den vergangenen Tagen von überall her auf ihn eingeströmt waren.

Noch ein paar weiter Atemzüge und die Gedanken in seinem Kopf waren wieder frei und von einer erhebenden Leichtigkeit erfüllt. Ganz so als stünde er in diesem Moment Tatjana gegenüber.

20

Es waren inzwischen mehrere Wochen vergangen, in denen die *Staatsbrigade* vermehrt ganztägige Ausgangssperren verhängt hatte. An jenem Donnerstag, als Vitali wieder einmal bei Andrej nach dem Rechten schauen wollte, kam ihm Tatjana schon vor dessen Stockwerk entgegen. Sie begegneten sich auf dem schmalen Gang im 26. Stock.

Genau an jener Stelle, wo man über das rostige Geländer bis weit hinunter in den Hof der Wohnanlage sehen konnte.

Tatjana sah über Vitali hinweg und tat so, als hätte sie ihn noch nie zuvor in ihrem Leben gesehen. Sie zögerte, doch dann wandte sie ihr Gesicht bewusst von ihm ab und zwängte sie sich wort- und grußlos an ihm vorbei.

Gerade als Vitali etwas zu ihr sagen wollte, stiegen zwei Polizisten der *Staatsbrigade* aus dem Lift und folgten Tatjana. Vitalis Blick blieb auf ihren schweren dunklen Stiefeln haften, während diese Tatjana durch das Treppenhaus nach unten folgten.

Erst jetzt verstand er die Situation: *Tatjana wollte durch ihr Verhalten von ihm ablenken. Sie versuchte*

Vitali zu retten, ohne dabei auf ihr eigenes Leben zu achten. Aber wo war Andrej?

Vitali musste ihn unbedingt warnen. Während Tatjana offensichtlich dabei war, diese Männer abzulenken, musste er so schnell wie irgend möglich Andrej aufsuchen. Auch wenn er im Moment nicht genau wusste, wie er das anstellen konnte, ohne dabei die Aufmerksamkeit dieser Schergen auf sich zu lenken.

Vorsichtig blickte Vitali aus dem 26. Stock in den Hof hinunter, um zu beobachten, ob Tatjana in den nächsten Minuten das Gebäude unbehelligt verlassen würde.

Die Menschen dort unten sahen aus wie Ameisen. Kleine Insekten, die ziellos umherwuselten. Mit gesenkten Köpfen und hoffnungslosen Blicken gingen sie scheinbar ziellos ihrer Wege. Vitali konnte nicht anders, als Mitleid mit ihnen zu empfinden.

Da hielt auch schon ein unauffälliger Wagen der *Staatsbrigade* vor dem Hochhaus. Es war einer dieser Wägen, die so unauffällig *auffällig* waren, dass sie jeder erkennen musste, der Augen im Kopf hatte.

Man sprach nur hinter vorgehaltener Hand von diesen Limousinen, mit denen die *Staatsbrigade* unliebsame Bürger abholte und an einen Ort verbrachte, der so nahe an der Hölle lag, dass es dort nur mehr nach Folter, nach verbranntem Fleisch und nach dem sicheren Tod roch. Dieser Ort hatte einen Namen. Es war der Gulag *Buchen-Au*.

In diesem Moment ging Tatjana gerade unten im Hof

an dem Wagen vorbei, während die beiden Uniformierten anscheinend von ihr abließen und auf die dunkle Limousine zusteuerten. Sie verwickelten den Fahrer in ein längeres Gespräch, deuteten dabei zu Tatjana hinüber und dann auch auf das Gebäude.

Als der Fahrer der Limousine nun zu Vitali hochzublicken schien, drückte sich dieser ganz fest gegen die Wand des offenen Treppenganges, die Handflächen abgewinkelt gegen den rauen Beton des Plattenbaues gepresst. Die groben Körner des dunkelgrauen Verputzes stachen dabei in seine Handflächen.

Für lange Minuten wagte Vitali nicht, sich zu bewegen. Einzig sein Blick wanderte nervös umher. Er hoffte inständig, dass ihn niemand, der ihn kannte, hier oben sehen konnte. Dabei pochte sein Herz wie verrückt. Er war in großer Sorge um Tatjana und seinen Freund Andrej.

Erst als das Fahrzeug der *Staatsbrigade* mit quietschenden Reifen aus der Vorstadtsiedlung davonjagte, blickte Vitali wieder vorsichtig in die Tiefe. Aufmerksam beobachtete er nun den leeren Hof der Anlage, seine Hände fest gegen das rostige Geländer gestützt, das ihn von diesem Abgrund trennte.

Die wenigen Passanten waren inzwischen ebenfalls verschwunden. Nur eine Mutter zerrte noch ihre beiden Kinder eilig vom Spielplatz mit sich fort.

Da sah Vitali auch schon in der Ferne Tatjana, die gerade zurückkehrte. Sie ging zielstrebig auf das Hochhaus zu. Ihre kurzen Schritte waren sicher und fest. Schritte, die einen entschlossenen Charakter widerspiegelten, den kein Regime jemals brechen würde. So konnte nur jemand durchs Leben gehen, der seinen Stolz und seine Würde - trotz aller Demütigungen und Erniedrigungen des Daseins - nicht verloren hatte.

Aufmerksam beobachtete Vitali, ob Tatjana auch wirklich niemand gefolgt war. Sie war offensichtlich so klug gewesen, ihre Verfolger abzuwimmeln, ehe sie beschlossen hatte, wieder zu Andrejs Wohnung zurückzukehren.

Vitali wollte, in Andrejs Wohnung auf sie warten. Er musste einfach wissen, was hier vorgefallen war. Vor allem wollte er eine Erklärung von ihr, die ihr seltsames Verhalten gerade vorhin, beim Verlassen des Gebäudes, rechtfertigen würde.

Zu Vitalis Verwunderung war die Türe zu 28/9 nur leicht angelehnt. Vorsichtig trat er in den Vorraum.
„Andrusch?", flüsterte er halblaut. Doch es kam keine Antwort. Die Wohnung schien leer.
Sicherheitshalber sah sich Vitali noch in allen Räumen um. Erst dann nahm er auf dem Stuhl Platz, auf dem Andrej für gewöhnlich zu sitzen pflegte. Da er dies taktlos fand, wechselte er aber sogleich den Sitzplatz. Sein Blick fiel nun auf Andrejs Pfeife, die vor ihm auf dem Wohnzimmertisch lag. Sie war zwar schon kalt, verbreitete aber noch immer einen angenehm harzigen Duft.

Niemals im Leben würde Andrej das Haus ohne seine Pfeife verlassen, überlegte Vitali, es sei denn, man hätte ihn bei etwas überrascht, oder gegen seinen Willen ...

Nervös erhob sich Vitali und lief im Raum umher. Da öffnete sich auch schon unvermittelt die Eingangstür und das Tageslicht fiel unbarmherzig in den dunklen Vorraum. Im nächsten Moment baute sich eine Silhouette vor Vitali auf. Der mysteriöse Schatten kam auf Vitali zu.

„Tatjana. Was ist hier los? Wo ist Andrej?", stieß er hervor.

Ein Schlag traf Vitali hart ins Gesicht. Klatschend folgte ein Zweiter. Hätte er Tatjanas zierliche Hand nicht abgefangen, hätte sie wohl wie wild auf ihn eingeprügelt. So aber hielt er ihren Unterarm mit ganzer Kraft fest. Vitali fühlte ihre ganze Ohnmacht, während Tränen des Hasses und der Verzweiflung über Tatjanas Wangen liefen.

„Du Schwein! Du hast ihn verraten! Du hast Andrej verraten ..."

Wortlos blickte Vitali an ihr vorbei. Seine Wange schmerzte noch immer von der Wucht ihrer Schläge. Mehr noch schmerzte ihn aber die Tatsache, dass Tatjana ihm einen solchen Verrat zugetraut hätte. Nach allem, was Andrej und er gemeinsam erlebt hatten.

„Welchen Grund hätte ich, ihn zu verraten? Er hat mit uns für die Demokratie gekämpft. Und er war ... er war derjenige, der mich zu dir geführt hat!"

Tatjana blickte Vitali ratlos an. Dann drehte sie sich zum Fenster. Sie wollte nicht, dass er ihre wahren Gefühle sehen konnte.

„Ich würde doch niemals … Tatjana? Hast du jemals ernsthaft geglaubt, dass ich so etwas tun könnte?"

Tatjana stand noch immer mit dem Rücken zu ihm und starrte aus dem Fenster.

„Tatjana, ich liebe dich! Ich könnte dich niemals verletzen, - niemals."

Unvermittelt drehte sich Tatjana um und trat auf Vitali zu. Intuitiv wollte er schon seinen Arm heben, um sich gegen einen erneuten Angriff zu verteidigen. Doch da spürte er schon ihren heißen Atem und ihre weichen Lippen auf den seinen.

Tatjana atmete kurz durch, bevor sie Vitali erneut zärtlich küsste. Sie umarmten einander und ihre Handflächen glitten über ihre eng aneinander geschlungenen Körper.

Während sie sich leidenschaftlich küssten, berührten sie einander liebevoll. Überall gleichzeitig und voller Leidenschaft.

Die Zeit schien dabei stillzustehen. Vitalis Finger glitten zärtlich über ihren Rücken hinunter und Tatjanas Hände streiften suchend durch sein volles Haar. Vitali wurde von nie gekannter Freude durchflutet. Er öffnete behutsam Tatjanas Bluse. Dabei spürte er deutlich die beiden festen Erhebungen ihrer Brüste, die sich ihm verlangend entgegenstreckten.

Ihre beiden Körper waren kurz davor, ineinander zu verschmelzen.

In diesem Moment löste sich Tatjana unvermittelt aus seiner Umarmung. Vitali war verwundert. Obwohl er Verständnis gehabt hätte, für den Fall, wenn sie als trauernde Witwe noch zuwarten wollte.

Tatjana hielt nun seine Wangen mit ihren zarten Fingern umschlossen und blickte Vitali tief in die Augen. Sie hauchte ein kurzes, nahezu unverständliches Wort. Vitali neigte den Kopf. Aber Tatjana unterbrach seinen Gedanken, noch bevor er irgendetwas hervorbrachte.

„Dein Wort, Vitali. - Dein Wort in der Schatulle", wiederholte sie leise. Ihre Augen glänzten dabei voll Hingabe.

„Dein geheimnisvolles Wort ist ein Akronym!"

„Ein Akro ... was?", fragte Vitali erstaunt.

„Eine Art Abkürzung. Wenn man diese Buchstaben als Anfangsbuchstaben eines eigenen Wortes liest, ergeben diese am Ende einen ganzen Satz", erklärte sie weiter.

„Ein Wort, das eigentlich ein ganzer Satz ist?", wiederholte Vitali verwundert. Er hatte sich schon viel mit Worten beschäftigt, aber davon hatte selbst er noch nie etwas gehört.

„Ja, so könnte man es auch bezeichnen. - Dein Wort, oder genauer gesagt, dein Akronym: AMEN-SI-EI-DILI bedeutet Folgendes ..."

Tatjana stockte kurz, bevor sie weitersprach.

„Am Ende …", es fiel ihr sichtlich schwer, weiterzumachen.

„… am Ende siegt einzig die Liebe!", stieß sie hervor.

„Am Ende siegt einzig die Liebe!", wiederholte Vitali ergriffen. Dabei blickten sich die beiden Liebenden tief in die Augen.

„Aber woher wusstest du überhaupt von meiner Schatulle und diesem Wort? Ich habe sie dir nie gezeigt."

„Andrusch hat es mir anvertraut. Er hat mich gebeten, für den Fall … für den Fall, dass ihm irgendetwas zustoßen sollte …", Tatjana stockte erneut.

„Er hatte damals im Rundfunkhaus nicht die Zeit gefunden, dir alles im Detail zu erklären. Er musste an diesem Tag zuerst dein Leben retten."

Vitali dachte an den gemeinsamen Tag im Funkhaus. An die Regierungsschergen, den alten Aufzug und seine überstürzte Flucht aus dem Gebäude.

„Für den Fall, dass ihr euch nicht mehr wiedersehen könnt, hat er mich gebeten …", fuhr sie fort.

Dabei löste sich Tatjana endgültig aus seiner Umarmung und strich sich ihr Haar wieder zurecht.

„Er hat mich förmlich angefleht, damit ich es nicht vergesse. Es war ihm sehr wichtig, dass du es erfährst."

Ihre Blicke wurde wieder schwermütig.

Vitali konnte den Schmerz in ihrem Herzen förmlich spüren.

„Wenn ich damals schon gewusst hätte, dass es das Letzte sein würde, dass ich je von ihm hören sollte. Dass sie meinen Bruder noch am selben Tag entführen würden ..." Ihre Augen fixierten nun einen Punkt, der weit außerhalb von Zeit und Raum zu liegen schien.

Vitali konnte mitfühlen, wie unendlich schwer es für Tatjana sein musste, bereits zum zweiten Mal in ihrem Leben, so unvermittelt, einen geliebten Menschen zu verlieren. Ihm entrissen zu werden, ohne ein einziges Wort des sanften Abschieds oder auch nur der leisesten Zuversicht auf ein mögliches Wiedersehen.

„Andrusch ist sicher nur untergetaucht. Du wirst sehen, er ... er wird wieder zurückkommen", versuchte Vitali möglichst glaubhaft zu vermitteln, woran er selbst nicht mehr glauben konnte.

Tatjana schüttelte den Kopf: „Nein, das wird er nicht ... das würde ich sonst in meinem Herzen fühlen."
Behutsam strich ihr Vitali nun durchs Haar. Sie ließ es zu. Das Licht brach sich auf Tatjanas feuchten Wangen und ließ auch ihre Augen glasig erscheinen.

„Entschuldigung ...", schnupfte sie leise, als ihr Vitali ein Taschentuch reichte.

„Du brauchst dich nicht für deine Gefühle zu entschuldigen, Tatjana. - Niemand muss sich dafür entschuldigen."

„Du hast recht. Wir haben unter diesem Regime bloß verlernt, unsere Gefühle offen zu zeigen."

Tatjana blickte nervös auf die Uhr.

„Es ist schon spät, Liebster."

„Allerdings. Ich muss jetzt gehen. Du meldest dich sofort bei mir, sobald du etwas von deinem Bruder hörst. Versprochen?"

„Ich habe schon seit den letzten Ausgangssperren nichts mehr von Andrusch gehört ...", gab Tatjana resigniert zurück. Sie wischte sich mit dem Taschentuch über die Wangen.

Als Vitali gerade seine Jacke anzog, klopfte es an der Tür. Die beiden sahen sich fragend an.

„Andrej ...", flüsterte Tatjana. „Aber er hat doch seine eigenen Schlüssel zu dieser Wohnung?"

„Wozu sollte er dann klopfen?", überlegte Vitali kurz, „noch dazu war dies nicht unser vereinbartes Zeichen!"

Es klopfte ein zweites Mal, heftiger, geradezu ungestüm. Tatjana lief um das Sofa herum auf Vitalis Seite hinüber. Da wurde die Türe auch schon aufgebrochen. Binnen Sekunden standen mehrere bewaffnete Polizisten der *Staatsbrigade* in der Wohnung. Während zwei von ihnen den Eingang sicherten, trat ein weiterer Mann direkt vor Vitali und Tatjana. Es handelte sich dabei um den Brigadeführer.

Seine Uniform war tadellos und seine Stiefel waren besonders blank poliert.

„Sind das die beiden?"

„Ich will wissen, ob das die beiden sind?", brüllte er nun noch entschlossener eine Person an, die man nicht sehen konnte, da sie noch immer draußen auf dem Gang vor der Wohnung stand.

Eine leise Stimme antwortete nun zaghaft flüsternd vom Gang herein: „Ja ... ja, das sind sie."

Im nächsten Moment schob sich ein hagerer Mann zur Türe herein. Er trug keine Haare mehr am Kopf und auf den zweiten Blick konnte man erkennen, dass ihm Augenbrauen und Wimpern ebenfalls ausgefallen waren.

„Sie können diese Subjekte also zweifelsfrei identifizieren?", bohrte der Brigadeführer weiter.

Der ausgemergelte Mann hob seine zittrige Hand. Dann deutete er mit dem Zeigefinger auf Tatjana und Vitali: „Da. Die ... die beiden da."

Vitali und Tatjana sahen den obskuren Zeugen entsetzt an. Vitali hatte sofort bemerkt, dass weder an seinem Zeigefinger noch an sonst irgendeinem anderen Finger seiner rechten Hand noch Fingernägel waren.

„Mein Andrusch, bist du das ...?!?", fragte Tatjana entsetzt.

Mit leeren Augen blickte die hagere Gestalt kurz in ihre Richtung. Auch Vitali fragte sich in diesem Augenblick: *Konnte diese ausgemergelte Gestalt tatsächlich sein Freund Andrej Richtstein sein? Dieser Schatten einer einst so stattlichen Person?*

Von jenem aufrechten Andrej Richtstein, den sie beide kannten, schien, nach knapp drei Wochen seiner Abwesenheit nicht mehr viel übrig zu sein. Er wirkte um Jahrzehnte gealtert. Seine viel zu weite Anzughose wurde mit einer Schnur um seine Hüften festgehalten und seinen nackten Oberkörper bedeckte nur mehr sein beigefarbener Mantel, den er immer so gerne trug.

„Mein Gott, Andrusch! Was haben sie nur mit dir gemacht?"
Mit einem Satz wollte Tatjana zu ihrem Bruder eilen, um ihn liebevoll in die Arme zu schließen. Doch einer der Uniformierten hielt sie unsanft davon ab.

Derweil begann der Brigadeführer, das Wohnzimmer zu durchsuchen.

„Bleib jetzt ganz ruhig, Tatjana. Es macht keinen Sinn, wenn wir uns jetzt wehren. Sie haben eine psychotronische Behandlung mit deinem Bruder gemacht", flüsterte Vitali.

„Das ist alles so entsetzlich. - Was haben sie ihm nur angetan …?"

„Sieh dir doch nur seine Haare und seine Finger an. Du erinnerst dich doch daran, was dieser Doktor Winterfeld damals über diese geheimen Labors erzählt hat?"

„Du meinst diese grausamen Versuche mit den Elektrowellen und dem radioaktiven Kobalt?"
Vitali nickte nur.

„Aber in so kurzer Zeit? In den wenigen Wochen, in denen wir uns nicht sehen konnten", insistierte

Tatjana schluchzend.

„Sie müssen erneut die Dosis erhöht haben", gab Vitali zurück. Tatjana wollte ihm antworten, doch der Brigadeführer unterbrach sie jäh.

„Ruhe jetzt!", herrschte einer der Männer.

„Los anziehen! Und zwar alle beide und dann mitkommen", brüllte nun auch der Brigadeführer mit ihnen herum.

„Wohin bringen sie uns?", wollte Vitali wissen.

„Sie können uns nichts vorwerfen", fiel ihm Tatjana ins Wort. „Wofür wollen Sie uns anklagen? *Wir* haben nie etwas Unrechtes getan." Aus ihrer Stimme klang der Unterton tiefster Überzeugung.

„Mitkommen, habe ich gesagt. Wenn Sie sich ruhig verhalten, wird Ihnen nichts geschehen."

„Was ist mit meinem Bruder? Was soll nun aus ihm werden?", flehte Tatjana.

„Lassen Sie das nur unsere Sorge sein. Einer meiner Männer wird sich um ihn kümmern."

Der Brigadeführer deutete einem der Uniformierten und wies in Richtung von Andrej, der noch immer mit seinen nackten Füßen auf dem kalten Fliesenboden stand. Mit entschlossener Miene folgte der junge Brigadepolizist der Anweisung seines Vorgesetzten. Er öffnet den Schutzbügel seines Pistolenhalfters und schob Andrej wieder ins Treppenhaus hinaus. Andrej folgte den Anweisungen mit schlürfenden Schritten. Apathisch und willenlos, ließ er sich herumkommandieren.

21

Wenig später waren die beiden Liebenden bereits auf die Rückbank einer der dunklen Limousinen verfrachtet, die unten im Hof auf sie gewartet hatte. Da zerschnitt ein einzelner Schuss, der selbst im Heck des Wagens noch deutlich zu hören war, die angespannte Stille.

Ein lebloser Körper fiel dumpf zu Boden. Während Krähen aufflogen, hielt eine Mutter ihrem kreischenden Kind die Augen zu.

Mit schockstarrem Gesicht blickte Tatjana zu Vitali hinüber. Sie dachten in diesem Moment beide dasselbe und hofften dennoch zu irren.

Zaghaft blickte Tatjana aus dem abgedunkelten Heckfenster der Limousine. Dann drehte sie sich in den Wagen zurück und fiel Vitali um den Hals. Sie war unfähig, zu sprechen. Vitali drückte Tatjanas zitternden Körper fest an sich. Er spürte dabei ihr Herz und vernahm ihr schluchzendes Röcheln an seinem Ohr.

Erst jetzt wurde der Verschlag des Wagens zugeworfen. Jemand klopfte von außen auf das Autodach, und die Limousine setzte sich in Bewegung. In rasend schneller Fahrt ging es nun quer durch die Stadt.

„Wo bringen sie uns hin, Vitali?"

„Ich denke, sie fahren mit uns ins Präsidium, um unsere Akten zu überprüfen", versuchte Vitali die noch immer geschockte Tatjana zu beruhigen.

„Was, wenn sie uns danach ebenfalls ...?"

Vitali legte seinen Zeigefinger auf Tatjanas Lippen, um sie damit sanft zum Schweigen zu bringen.

„Pst ...", hauchte er ganz leise, „... vergiss niemals: Am Ende siegt einzig die Liebe!"

Tatjana wiederholte gedankenversunken: „Am Ende siegt einzig die Liebe", während die dunkle Limousine mit den beiden Gefangenen auf der Rückbank die menschenleere Ausfallstraße in Richtung *Buchen-Au* davonbrauste.

22

Im trostlos grauen Hof der Hoffnungsfeldsiedlung blieb der leblose Körper des entstellten Andrej Richtstein zurück. Sein Mantel war weit geöffnet und sein Gesicht hatte sich zu einem erbärmlichen Anblick verzerrt. Ein streunender Hund leckte, begierig winselnd aus der dunkelroten Pfütze neben Andrejs Kopf.

Andrejs Züge waren nicht die eines Aufwieglers, die mit glanzlosen Augen in den wolkenbedeckten Himmel starrten. Es waren die Züge eines Verzweifelten, eines geschundenen Opfers, das unter dem Druck der unerträglichen Repressalien zusammengebrochen war. Denn diese Diktatur hatte ihre Methoden, den Willen der Aufrechten zu brechen und ihnen die Würde zu nehmen. Selbst über ihren letzten Atemzug hinaus.
Der Dezemberwind wehte nun über den leeren Platz und blies braune Plastikstreifen aus seinen Manteltaschen. Cordbänder, die scheinbar zur Melodie des kalten Windes tanzten.

Kurze Tonstreifen, mit wunderbaren Stimmen darauf, wuselten über den rauen Asphalt.

Hätte nur einer der Anwohner eine Tonbandmaschine besessen, so hätte er darauf die eindringliche Stimme von Oscar Werner hören können, die rezitierte: „Kein Widerstand ist je vergebens, denn am Ende siegt einzig die Liebe."

ENDE

weitere Titel, dieses Autors:

„DER PERLEN-PFLÜCKER"

„DAS LETZTE RÄTSEL"

„DER FLUSS DER 1000 LEGENDEN"

Dieses Buch ist auch als E-Book erhältlich!

Weitere Informationen über den Autor Kurt Haspel
und seine aktuellen Titel finden Sie auch unter:

kurt-haspel.art

sowie im guten Buchhandel in Ihrer Nähe.